[日] 宫泽伊织 著
游凝 译

里世界郊游 ④

里世界夜行

中国广播影视出版社

◇千本櫻文庫◇

◇前言 PREFACE

文库,原本是指收纳书物的仓库和书库,也指收纳书与记事簿,以及不常用物品的小箱子。以前者为例,京浜急行线的"金泽文库站"就是以前镰仓时代北条氏用来收藏汉书的,"金泽文库"名字的由来便是如此。东京都的世田谷区也存在收集珍贵汉书的"静嘉堂文库"。后者则更多地被称为"手文库"。

江户时代以来,可以放入袖袂的小开本书籍逐渐流行起来,被称为"袖珍本"。明治三十六年(1903),富山房发行了小开本的丛书,起名"袖珍名著文库"。随后,明治四十四年(1911),讲述战国时代的猿飞佐助和雾隐才藏系列故事的讲谈社"立川文库"发行出版。讲谈是一种日本民间艺术形式,以口语化的方式讲述历史故事。而"立川文库"则是将讲谈收录成册集中出版的丛书,据统计,当时刊行量为200册左右。从那时起,文库就脱离了原本的释义,逐渐演变成了现在的类书集丛。

文库说法借鉴了日本出版业界的传统说法。而千本樱源自日本奈良县吉野山樱花盛开的奇景,世人皆用"一目千本樱"来形容樱花美景。千本樱文库纳入的作品皆为日系作品,题材包括推理、悬疑、幻想、青春、文化等类型,正如千本樱满山盛开的绝景。

现代日本，以"文库"命名刊行的丛书系列有200种以上，所谓"文库本"只不过是统称而已。日本传统的"文库本"常用的是A6尺寸的148mm×105mm，也叫"A6判"。千本樱文库的所有书籍将在"文库本"的基础上提升，达到148mm×210mm的开本标准。在追求还原的前提下，力图带给读者更清晰的阅读体验。

明治维新以来，日本文学有了长足发展，传统文学扎根本土，西学东渐，渐渐演化出了日本特有的美学文化。类型文学则在国民精神需求骤增的背景下蓬勃发展，各家出版社争相设立文学新人奖，用来挖掘出色的文化创作者。而投稿获奖也是志在成为作家的创作者们最依赖的出道途径。不过，新人出道的方式并不局限于此。更为普遍的另一种方式则是历史更为悠久的毛遂自荐。

"毛遂自荐"是指创作者携带稿件去出版社投稿，随后文稿被刊登在期刊上，该文章的作者便算是出道。进入20世纪80年代以后，日本的期刊类型逐渐丰富起来，作者的出道机会也就越来越多。1989年，日本角川书店创刊Sneaker用来连载少年向的小说，随后转向多样化类型的方向运营。2011年，Sneaker刊载了一部名为《我的魔剑废话很多》的轻小说作品，随后出版了四卷单行本，宫泽伊织由此出道。

宫泽伊织虽然顺利出道，但发展不顺利。轻小说并不能发挥其才能，因此已经出道的他，开始转而向文学奖投稿。2015年，宫泽伊织以《诸神的步法》斩获了科幻文学的重要奖项"第6届创元SF短篇奖"，转型创作科幻小说。这部《诸神的步法》虽然公开时间晚于出道作，创作时间却早于《我的魔剑废话很多》。回归本心的作者受到日本科幻文学的中流砥柱早川书房的邀请，正式连载科幻小说《里世界郊游》。这部作品吸收了部分轻小说的角色塑造方式，更主要的还是硬核的科幻设定与意想不到的剧情展开。怪谈与异世界的结合方式，搭配冒险的主线增加了几分惊险刺激的阅读体验，天马行空却又符合逻辑的设定往往能够让人深陷其中，这是只属于"宫泽流"的异世界。

千本樱文库编辑部

千本樱文库

本格

- 《巫女馆的密室》
- 《圣女的毒杯》
- 《哲学家的密室》
- 《衣更月一族》
- 《美浓牛》
- 《少年检阅官》
- 《宛如碧风吹过》

日常

- 《推理要在早餐时》
- 《会错意的冬日》
- 《喜鹊的计谋》
- 《午夜零点的灰姑娘》
- 《谷中复古相机店的日常之谜》

科幻

- 《电子脑叶》
- 《复写》
- 《蒸汽歌剧》
- 《巴比伦》
- 《里世界郊游》

悬疑

- 《千年图书馆》
- 《鲁邦的女儿》
- 《狂乱连锁》
- 《神的标价》
- 《恶意的兔子》
- 《癌症消失的陷阱》
- 《沉默的声音》
- 《死之泉》

轻文芸

- 《戏言系列》
- 《忘却侦探系列》
- 《弹丸论破雾切》
- 《这个不可以报销》
- 《天久鹰央的事件病历表》
- 《吹响吧！上低音号》
- 《宝石商人理查德的谜鉴定》

目录

档案 12　1
那个牧场

档案 13　59
隔壁的潘多拉魔盒

档案 14　119
招徕温泉

档案 15　173
里世界夜行

参考文献　255

Otherside Picnic

档案12
那个牧场

1

"嗯,所以说,其实哪儿也没弄脏,哪儿也没弄坏,对吧?"

听了鸟子的话,小樱严峻的神情也没有缓和半分。

"你说这叫'没弄脏'?确实哪儿也没坏就是了。"

"对吧?"

"这里充满了暴力的气息啊。"

我们三个站在小樱家的盥洗室里盯着浴室看。房子已经有些年头了,这浴室似乎多少整修过,但洗澡的地方都是鞋印,莲蓬头被扔在地上,浴缸盖板上还挂着染血的毛巾。正如小樱所言,很明显,这里之前发生了某些惨无人道的事。

走廊传来渐近的脚步声,DS研负责人汀把头探了进来。

"负责打扫的工作人员要晚点才到。据说是因误入车站前的单行道迷路了。让各位久等,非常抱歉。"

"没事,无所谓。"

小樱冷淡地回答。汀彬彬有礼地接着说:"之后就交给我吧。小樱小姐,你们几位请不要客气……这话由我来说似乎不太合适。"

"没错,这可是我家。"

虽然嘴上抱怨,但小樱还是转身出了盥洗室。鸟子和我也跟在后面。经过汀身侧时我抬起头问:"你之前说'和他们玩了会儿水'?"

"您是指?"

"就是借用浴室和毛巾什么的。"

听我这么说,汀脸上的笑意深了几分。

三天前,我和小樱在路上被洗脑邪教的机动部队绑架了。邪教徒崇拜的对象是一名女高中生,名叫润巳露娜。她能通过特殊的"声"进行魅惑和洗脑。他们本来试图绑架的是我和鸟子,却错手抓了小樱。

后来,邪教部队为绑架鸟子再次踏进了小樱家里。但在那里等着的是鸟子和接到消息赶来的汀。反将入侵部队打败后,为了问出囚禁我和小樱的地点,汀对这些人进行了审问。要从死心塌地的邪教徒口中问出情报想必不简单。到底是怎么做到的呢?面对我的询问,汀这样答道:

"我只是借用浴室和毛巾,跟他们玩了会儿水而已。其实我也没有这方面的经验,但要从什么人口中挖出情报的话,用水是最省事的。既不会留下污渍,也不会留下伤痕,更不需要特意准备什么。"

汀的回答很平静。尽管他没有点明,但连我都能听出他指的是水刑拷问。"一般财团法人DS研究奖励协会"秘书长——汀曜一郎,从外表很难想象,这个把西装三件套穿得像模像样的管家似的男人竟然如此精通暴力之道。而他现在藏在长袖下的手臂上布满了密密麻麻

的玛雅文字刺青。

好恐怖。

但如果汀没能巧妙地从邪教徒口中撬出情报，和鸟子一起赶来的话，我就会被枪杀，小樱也会被润巳露娜洗脑。所以我毫无疑问是感谢他的，但还是很恐怖。再怎么说我也只是个普通的女大学生罢了。

"我说，你们能别在我家里讨论这种危险话题吗？"

"非常抱歉。"

小樱扔来一句抱怨，汀恭恭敬敬地道了个歉。

我们排成一队，沿着走廊回到了会客室。这里的走廊也布满了鞋印，四处散落着像是为入侵者设置陷阱用的铁丝和空饮料瓶。墙上还冒出好几根新打的铁钉。为了不刮到我们，上面临时缠着绿色的养生胶带①，显得很醒目。

回到会客室，我们各自在沙发上坐下，汀还站着。

"我来为各位沏茶吧。"

"啊，麻烦你了。"

"所以说为啥是小空鱼你回答啊？这里是我家吧？"

小樱说，但她似乎也没什么异议。汀用茶壶为每个人倒了茶。

"什么阿猫阿狗都在别人家里撒野……"小樱啜饮着热气腾腾的煎茶小声嘟囔。

---

① 在日本广泛使用的一种多功能胶带，多用于户外临时遮蔽、标记和修补等。

"非常抱歉，当时情况紧急，不得已……住宅的维修费用都将由DS研提供。"

"那真是谢谢了，能顺便帮忙装修一下吗？"

"当然，一切都遵照您的意愿。"

"我说笑的，打扫干净点就行。"

"我说啊，空鱼。"

从刚才起一直一言不发的鸟子突然一本正经地开口。

"怎么了？"

"庆功宴要怎么办？"

"嗯？"

我和小樱直勾勾地盯着她。

"你想想，这次不也是从'里世界'平安回来了吗？那不就得开个庆功宴！"

每次从"里世界"探险回来，鸟子都要借庆功之名去大吃大喝，她对此有着谜一般的执着。一开始我感到疑惑，不过这样做既能带来回归日常的真实感，又能当成从"里"切换到"表"的开关，也是个好习惯。

小樱把茶杯"咚"的一声放在桌子上，站起身来。

"好！我知道了！我们去吃肉吧！"

"欸？可是我没那么多钱。"

我有些犹豫，小樱"扑哧"一笑。

"今天我请客，毕竟你们救了我。"

"小樱太棒啦！"

"小樱最好了！"

她瞪了我和鸟子一眼。

"见钱眼开……算了，走吧！"

"欸，现在去吗？不是会有清扫人员过来吗？"

"我留下来看门，各位只管去就可以了。"

汀说着把我们送出了门。就这样，我们三人突然吃肉去了。

但考虑到把家里的事丢给别人自己跑太远不好，以防万一，还是要待在能马上回去的地方，最后我们选择在最近的石神井公园站前探店。

"我想吃上好的肉。"基于小樱的要求，我和鸟子这两个吃白饭的只能低着头找店。

刚好这里有家24小时营业的烤肉餐吧，我们便进店就座，大白天喝起了玫瑰红酒。此前我对玫瑰红酒的了解仅限于"粉色甜饮料"的程度，没想到喝起来十分清爽适口。之后我们又吃了生火腿、烤肉寿司，还点了红酒，烤了一千日元一两的高级牛肉，对着在铁板上滋滋冒油的牛排大快朵颐。我们三个都属于比较能吃的类型，但今天的食欲比往常更加高涨。或许是和邪教徒战斗后又遇到了"里世界"的危险生物，好不容易生还，身体在报复性地渴求营养吧。

"里世界"的危险生物……

我一边用刀子切着牛排，一边偷偷看着鸟子和小樱的脸。曾经亲密无间的女子变成了可怕的怪物出现在眼前，她们心里是什么样的想法？

此前曾频频出现在我眼前的女人，终于也在鸟子和小樱面前显形了。尽管两人对那个人还有着深深的眷恋和不舍，但她们应该也知道那已经不是自己认识的那个人了。

这下总得放弃了吧。

不……她们真的会放弃吗？

看了那怪物之后还心存不舍，那简直就是无药可救，但我还不能放松警惕。尽管我选择对鸟子和小樱充满感伤的言行举止视若无睹，但我知道，对那个女人的思念已经在她们心中深深扎下了根。

那个女人，闰间冴月。

她在我们眼前杀了润巳露娜的母亲，还差点连露娜本人也要杀了。好不容易逃回"表世界"之后，鸟子和小樱都没有再提及闰间冴月其人。

或许我不在的时候她们俩聊过呢，但这与我无关。

这时，小樱放在桌上的手机振动起来。

"好像已经打扫完了。"她看着屏幕说道。

"真快。"

"我不是说过嘛，哪儿也没弄坏。"

"行了行了我知道了，不要老一脸得意扬扬的。"

回了消息后，小樱斟满第三杯红酒，说道："喝了这杯就回去吧，也不能老让别人给我看门。"

"汀先生真会照顾人。"

"毕竟给了那么多钱。"

"这时候只需要正常道个谢就可以了，小樱你真嘴硬。"

"只有你没资格说我。"

鸟子和小樱都有些醉意，没完没了地斗着嘴。我插了一句："我记得政府和企业都给DS研出了不少钱来着？"

"毕竟设施里还住着不少有钱人的家属呢。机构估计从中分了不少羹吧。"

DS研是自20世纪90年代起存续至今的组织，一直在照顾着受"里世界"影响、身心发生了可怕变异的牺牲者们。据说这些人本来都是有意探索"里世界"的大企业高管、议员和研究人员。DS研收容了这些情况严重、无从治疗的牺牲者，他们的亲属便一直为此提供资金上的援助。而汀作为机构的负责人，也过着相当优越的生活。

小樱和DS研共事，并把我们从"里世界"捡到的异物卖给对方，可以说我们现在之所以能吃上这么美味的一顿饭，也是多亏从中分到了一杯羹。

窗外天色已经昏黄。我看着车站里涌出的一股股人潮，突然发现自己正下意识地在人群中寻找那个女人的身影。

玻璃杯中还剩下些红酒，我皱起眉头，视线落在红酒的液面上。此前曾一度被闻间冴月的幻影所纠缠，导致现在警戒四周已经成了习惯。真火大。

"怎么了？"鸟子问。

她发现我的表情有异样了吗？

"在想事情。"

"什么事？"

"……昨天的事。"

我不想说实话，打了个马虎眼。

"哦哦……那个，好惨啊！"

鸟子皱着眉说道。这次她似乎没发现我的敷衍。

昨天我们还待在位于溜池山王站的DS研大楼里。被叫去做"只有我们俩能做的工作"——给露娜组织的邪教"擦屁股"。

润巳露娜是一名与闰间冴月素未谋面，却醉心于她的疯狂粉丝。据说她用的是假名，真名我听汀说过，但是忘记了。她通过来自"里世界"的催眠声线对他人进行洗脑，让人们成为自己的信徒。现在她本人被自己向往的闰间冴月袭击，导致人事不省，但由其追随者组成的邪教集团还有余党。

汀和鸟子收拾掉的信徒已经关在了DS研的医疗设施里。走进病房就能看到地上躺着一排排贴着膏药、浑身缠满绷带的男女，他们满脸敌意地瞪着我们。

要想解除这些人的洗脑状态，需要我和鸟子两人合作。用我的右眼可以看见露娜的"声"盘在信徒们头上，宛如某种生物。在我看着他们的时候,鸟子就用左手抓住"声"一口气拔出来。每当把那藏在耳朵眼里的东西从脑子里拽出来之后,信徒们都会露出如梦初醒般的呆怔神情。然后他们的表情无一例外地从呆怔一点点变成绝望。

"幸好这不是真正的精神控制。"

小樱在我们身后看着我和鸟子接二连三地拔出"声",评论道:"幸好?这算幸好?"

鸟子狐疑地念叨了一句。这些不再受"声"蛊惑的前信徒似乎都记得自己被润巳露娜洗脑期间发生的事。他们有的因为突如其来的失落感而哭泣,有的因为自己之前的疯狂而痛苦万分……大概有些人在被洗脑期间做了什么不可挽回的事,又或是抛弃了家人朋友吧。病房里相继响起绝望的呻吟,人数不断增加,景象令人生厌。

"润巳露娜的洗脑效果强劲,并且短时间内就能生效,但只要拔出'声'就能解除洗脑状态,收拾起来也轻松。这要不是来自'里世界'的力量只是普通洗脑的话,就要耗费大量时间清除思想余毒。比起来这一点还算好的了。"

小樱说着,一边下意识地频频揉捏自己的耳朵。在和我一起被绑架时,小樱也差点就被露娜的"声"洗脑了。看到眼前的场景,最不安的恐怕不是我或鸟子,而是小樱吧。

我也想起了一些事。在妈妈去世后,父亲和祖母曾疯狂沉迷于邪教。他们的洗脑状态也能像这样一下子解除吗?还是说,被破坏过的信任关系永远不能恢复如初了呢?事到如今,想这些也无济于事。

清除完附着在所有人身上的"声"之后，我们已经筋疲力尽。DS研的医疗人员匆匆穿行在一脸茫然的前信徒群体中。之前那个被射钉枪击伤的光头医生一只手打着石膏，正担任指挥。人手不足的情况很明显，但汀有言——增援马上就到。实际上大楼里已经有好几个人在修理邪教袭击时被破坏的装潢和设备了。当时我们累得不行，没时间搭理他们，奢侈一把叫了辆出租车各回各家。小樱之所以对"上好的肉"这么起劲，可能是为了发泄昨天积攒的压力。

吃完烤肉，我们等小樱结完账，走出店门。

"你们接下来要干吗？回去了？"她问道。

"先回你家一趟，还没跟汀先生说过今后的打算呢。"我和鸟子对视了一眼回答道。

"这样。"

小樱冷淡地点点头。

我们走在夜晚的街道上。我的右边是鸟子，左边是小樱。发现我们三个人正并排走着，我感到有些异样。我不是很喜欢三四个人并排走，老担心人多了容易堵住路，给后面的人添麻烦。所以每当三人同行，我总是加快脚步走上前去，把小樱和鸟子撇在后面。

是因为我的步子太慢了吗？要不要走到前面去……想着想着，我又打消了这个主意。现在路上也没什么人，没必要过度担心。我带着些醉意，就这样和她俩并肩走下车站前的斜坡。

时节已是深秋，空气中也带了凉意。在残留着些许蓝色的夜空中，

皎洁的月光照耀着我们。

2

在那之后又过了两天,周六午后,我和鸟子在西武池袋线的饭能站下了车。

刚出检票口,就见一辆等候已久的蓬式卡车迅速靠了过来。副驾驶座的车窗开着,能看见汀的脸,我马上反应过来这是来接我们的车,但回想起被绑架时的情景,还是不由得浑身一僵。

下意识地往后退时,柔软的掌心触感让我回过神来。低头一看,不知什么时候鸟子已经握住了我的手。

"没事吧?"

"……嗯,谢了。"

鸟子一瞬不瞬地盯着我,听见我的回答才点点头,松开手。

"两位请上车。"汀说道。

车门滑到一边,车内有两排靠右的座位,前面坐着一名女子,对上我们的眼神,她淡淡点头示意。女子化着淡妆,长袖衬衫的下摆塞在松松垮垮的长裤里,还披着风衣,脚上是一双样式粗犷的靴子。

开车的是一名打扮相似的白人男子,戴着像是运动款的细框墨镜,留着络腮胡。坐在副驾驶座上的汀还是一如既往的西装三件套。我和鸟子穿着适合野外活动的探险的服装,车里只有汀一个人显得分外突兀。

我们坐到后排,车门关闭,卡车疾驰而去。汀从副驾驶座上回过头来。

"劳烦二位远行,不胜惶恐。纸越小姐,仁科小姐,今天请多关照了。"

"啊,好的。那个……请问这几位是?"

听了我小心翼翼的询问,坐在前排的女性答道:"初次见面,我叫笹塚,来自 Torchlight。"

"呃,您好……我叫纸越。"

"我叫仁科。"

对方伸出了手,尽管有些疑惑,我还是回握住了。她的掌心粗糙,力道颇大。

递过来的名片上写着"Torchlight Inc. 董事长 安全顾问/海外协调专员 笹塚二胡"。

"安全顾问?"

"海外协调专员?"

看着眼前的名片,我和鸟子有些不解,这时汀补充道:"Torchlight 是一家私营军事公司。之前发生了那样的事,我们也不得不提高警惕,所以雇佣他们作为保镖。"

"私营军事公司……"

虽然听过这样的说法,但一时间反应不过来。是类似外派军队一

样的组织吗？

"从刚才起就跟在我们后面的车也是保镖？"

听了鸟子的话，我看向后窗……的确，后面跟着一辆同样的大卡车。我之前根本没察觉到它的存在。

"没错，那辆也是公司的车。"

笹塚点头，鸟子看上去略微放松了些。

"在日本国内做PMC①挺不容易的吧？"鸟子问。

笹塚微微一笑，似乎觉得有趣。

"是的，因为一般情况下不能用枪。"

她的视线落在我和鸟子的双肩包上，应该已经听说了我们俩身上有枪的事。

那么他们是否也知道"里世界"的存在呢？

"汀先生，那个，关于这件事您是如何……"

汀听懂了我含糊其词的询问。

"Torchlight公司的各位知道UBL的存在，包括其危险性。"

他答得干脆，反而令我感到迷惑。UBL——Ultra-Blue Landscape（超蓝之境）是DS研对"里世界"的称呼……但他们在被告知"里世界"的存在后，竟然能这么淡定地接受吗？

"我们和DS研的各位是老朋友了，对事情经过也有所了解。当然，

---

① Private Military Company，即私人军事承包商，多指雇佣兵组织。

我们会守口如瓶，请放心。"

"也就是说……你们类似于 DS 研的专属部队？"

鸟子的询问让笹塚和汀面面相觑。

"与其说是专属部队，不如用私人关系来形容比较恰当。"

"是的，因为 UBL 相关的事件都不好摆到台面上来处理，我就动用了自己的门路，委托曾有过交易的 Torchlight 公司前来帮忙。"

"说是交易，但早在我来到现在这家公司之前，就曾和汀先生一起工作过。"

汀动用自己的门路雇佣的私营军事公司？以前曾经一起工作过？在我的想象中，这个人的过去变得愈发疑云重重。

让军人来充当护卫听上去有些夸张，但考虑到这辆车的目的地，或许确实需要这样的准备。

现在我们要去的地方位于饭能的山里，是露娜麾下邪教组织的基地——"牧场"。

3

与露娜麾下的邪教有关的善后工作，还有一项是必须由我和鸟子来做的，那就是"牧场"的处理。

这处设施是邪教徒们基于有名的实话怪谈"山之牧场"中出现的建筑建造出来的。

原文是一份报告，详尽地描述了亲历者进入这一奇妙场所之后的体验。乍一看像是牧场，牛棚里却没有一头牛，也没有人烟。建筑本身也很诡异，里面有隔间多得不正常的厕所、堆满破碎玻璃器皿的研究室、堆积如山的石灰等。其中有些人曾潜入没有楼梯的仓库二楼，奇怪的是，他们还看到了贴着无数符咒、人偶散落一地的和室，以及纸拉门上用油漆潦草地书写着"救救我"的字样。

我和小樱被绑架时来到的这处位于饭能山中的建筑，就是模仿那个知名怪谈做出来的。没用过的牛棚、写着"救救我"的房间等好几个地方都极为相似，所以我马上认出来了。这是露娜为了接近崇拜的闰间冴月，试图通过重现怪谈中的情景与"里世界"进行接触。

她的尝试成功了一半。这里的确有了"门"，也豢养了好几名因为"里世界"而发生变异的第四类接触者。"谈怪则怪至"——露娜进行的"里世界"召唤仪式生效了，虽然结果并不如她所愿。

尽管邪教组织已经毁灭，但建筑留了下来。放着不管太过危险，所以我和鸟子便接受汀的委托前来检查"牧场"的现状。

卡车沿着山里的土路摇摇晃晃地向上驶去，刮着路旁的草丛和树枝发出"沙沙"声。这条路蜿蜒曲折又狭窄，既不能掉头，也容不下两车并行。往上走了很久，终于来到一处比较宽的拐角。路边放着一个汽油桶，上面用白色油漆写着"还有30米"的字样。

"连这个也还原了啊！"

我不由得嘟囔了一句。

"什么？"

"那个汽油桶，在'山之牧场'里也出现过。"

听我这么回答，鸟子惊讶地目送着远去的汽油桶。

"那只是个路标对吧？"

"桶本身是，其他就不知道了。"

说话间，又出现了一个汽油桶，上面写着"还有20米"。

"第一次来的时候没注意到还有这些。"

"因为是晚上吧，又很黑。"

从鸟子和汀的交谈中我才意识到，这两个人当时正是沿着这条蜿蜒曲折、没有半点灯火的山路前来搭救我和小樱的。

汽油桶做的路标之后又出现了。"还有15米""还有10米"。实际距离比这些数字更长，恐怕只是在每个拐角摆放了这样的桶，并没有实际测算过。在看到写着"终点"的汽油桶的同时，视野一下子变得开阔。出现了一片被树丛环绕的区域，中间伫立着建筑群。

"牧场"到了。

广场是一片平整过的土地，上面稀稀拉拉地铺着鹅卵石，看起来就像没修好的停车场。四周的建筑呈"コ"形围着它。我们乘坐的卡车驶进广场后便停了下来。

"两位请稍等。"

汀说着打开车门出去了。驾驶员也下了车。

笹塚也站起身，从侧门下了车。这是要做什么？只见他们打开后备厢，拿出一个个看上去很重的大背包和装满器材的塑料篮。

他们从背包里拿出好几挺霰弹枪，我震惊了。刚才不是还说日本国内不能用枪的吗？

Torchlight的成员娴熟地装弹上膛，从另一辆车上下来的人也整理着装备。

汀回到车里喊我们。

"久等了，两位请到这边来。"

我和鸟子下了车。Torchlight的工作人员们分散在卡车周围警戒四周。刚才跟在我们后面的那辆车里半数以上都是外国人。还都是些大老粗。女性成员只有笹塚和另一名拉丁裔女子。

"原来你们有枪啊。"鸟子说。

汀微微一笑。

"是从袭击DS研的邪教徒身上缴获的。在两位协助解除那些人的洗脑后，我们进行了询问，得知这些枪是通过灰色手段获得的。经过深入讨论，他们慷慨地把枪让给了我们。"

"原来如此……想要的话还是能弄到手的啊！"

"汀先生，准备好了。"

刚才在和部下交谈的笹塚回来说道。

汀点点头："明白了。两位准备好了吗？"

"啊，稍等一下，我也把枪拿出来。"

我们想打开背包,但被笹塚制止了。

"不用担心,这次由我们来护送你们。"

"欸?可是……"

"这是我们的工作,请交给我们吧。"

我和鸟子面面相觑。

"是……是这样吗?那就……"

尽管有些犹豫,但也不能在这里和专业人士争执。我们不情不愿地停下了动作。

鸟子背朝着笹塚和汀,悄悄靠过来小声说:"对方肯定是不愿意让门外汉乱开枪。"

"啊……原来如此。"

也是,像我这样的门外汉拿着枪走在旁边,在他们专业人士看来估计很招人嫌。这点我懂。虽然懂,但还是不太高兴。

"我也就算了,鸟子可是用枪的高手啊。"

我只是随口一说,却见刚刚还皱着眉头神情警惕的鸟子突然露出了灿烂的笑容。

"咦!不是,哪有,你夸得太过头啦。"

嘴上虽然这么说,但她的喜悦之情溢于言表,让我十分吃惊。

啥?被夸了一下就这么开心?

这个人之前有这么好搞定吗?

4

我们在 Torchlight 队员的护卫下走向那几栋建筑。卡车周围留了几个人望风。其他人管他们叫"Base（基地）"或"B 班"，可见是负责联络和支援的。

笹塚告诉我们，这种私营军事公司的士兵被称作"Operator（接线员）"。听上去就像是在问询窗口接电话的人，总觉得有些格格不入。这些人都是轻装上阵，衬衫下摆掖在裤子里，披着同款夹克，这副打扮加上霰弹枪，乍一看好似正要去猎熊的乡下办事处职员。但他们的体格都相当强健，戴着轻便墨镜或护目镜，气质完全不是那么一回事。而且动作利落专业，让我想起了白马营的士兵们。

接线员全都戴着耳麦，用无线对讲机。我和鸟子也分到了耳麦，能听见四下交错的指挥和报告声。

环绕着广场的建筑分成三栋。笹塚他们把正中间的称为"居民楼"，右边的是"工厂"，左边的则是"牛棚"。我们的第一个目标是右边的"工厂"——也就是我和小樱被绑架时最开始来到的地方。

"DS 研遇袭第二天我又来了一次，把剩下的邪教徒都控制住了。但不排除还有党羽躲藏在这里的可能性，请多加小心。"汀走在我和鸟子前头，说道。

"欸，汀先生你第二天又来了？"我惊讶地反问道。

鸟子似乎也不知道这件事，瞪圆了眼睛。

"遇袭的第二天，不是超级忙的吗？不累吗？"

"说实话累得够呛。在救出纸越小姐你们俩的时候控制住了一名信徒，不能放着不管，但DS研大楼那边也需要指挥。所以我紧急调配人员，兵分两路，又联系了相关单位……虽然这也是我的职责所在，但此前很长一段时间都过着安稳的生活，还是捏了一把冷汗。"

和刚认识那会儿相比，汀的态度似乎变得随意了些。

发生润巳露娜事件之后，汀应该能从"赞助商"那里获得更多资金援助，小樱是这样推测的。DS研迄今为止一直只为了维持现状，用小樱的话来说就是"僵尸组织"，因为这件事或许能重获生机。

这对我来说可不是什么好事。虽然我对汀没有敌意，但再有多余的人踏足"里世界"就麻烦了。

陷入沉思的我意识到自己还牵着鸟子的手，便抬起头，四目相对时鸟子笑了笑。她笑得有些羞涩，似乎想要宽慰我，看到这样的笑容，我瞬间把心里的担忧抛在了脑后。"干……干吗？你有什么想说的吗？"

在我陷入混乱期间，队伍打头的人已经从入口进了"工厂"。剩下的人在墙边等待。接线员们没有懈怠，枪口紧紧对着建筑和树丛。

"一楼清扫完毕。"

"了解，继续前进。"

对着无线对讲机说完，笹塚催促我们。

"走吧。"

我们进了这幢建筑。墙壁全被打通，显得很宽，摆放着不知用来做什么的大型机械和堆积如山的运货板。锈迹斑斑的楼梯通往楼上。

在一楼的角落有一个休息室模样的房间，里面放着会议桌和折叠椅，还有电水壶、方便面、装满空饮料瓶的垃圾袋，这些充满生活气息的物品在这栋建筑里反而显得十分异样。墙上散布着霰弹枪特有的狭长横向弹痕，是小樱那把鳄鱼嘴霰弹枪的杰作。

等来"二楼清扫完毕"的联络，我们上了楼梯，来到了熟悉的地方。一个没有窗的大房间，地上倒着好几把椅子。这里正是我们被绑架后醒来时待的房间。

也是我在千钧一发差点被杀之际，被鸟子所搭救的房间。

"那时候真是谢谢你了，鸟子。"

听我这么说，鸟子摇摇头。

"都怪我没有早点赶到，空鱼，你吓坏了吧？"

"每次不都被吓得不轻嘛。"

"话是这么说啦！但那时候真的很危险。"鸟子的声音提高了一点，"……还好你活下来了，真是太好了。"她低声说。

我紧紧地回握住她的手。

"纸越小姐，您怎么看？"

"啥？"

汀突然开口询问，我回过神来。

"您能看见哪里不对劲吗?"

"啊,这个嘛。"

说起来,之所以把我带到这里,是为了让我用右眼确认有无异常。

我把意识集中到右眼,环顾着"工厂"内部,并小心地不去看其他人。要是不小心用这只右眼凝视别人,可是会让人发疯的。

室内没有发现异常,也没有标志着表、里世界交点的银色磷光和来自 UBL 深处的蓝光。

"这里似乎是安全的。"

虽然对我来说非常难忘就是了。

已经来到了建筑物的尽头。我们又折返,走向下一幢建筑。

鸟子一直牵着我的手,可能因为不拿枪的那只手有些空荡荡吧。我也懂那种心虚的感觉——这么想着我看向鸟子,她又回给我一个温柔得有些奇怪的微笑,让人有些害怕。这到底演的哪一出?

下楼梯时,耳麦收到了外面哨兵的报告。

"'居民楼'三楼的窗户上有东西在动。"

"是什么?"

笹塚问完,那边过了好一会儿才回复。

"无法判断。虽然只有一瞬间,但确实有人在。我看到了他的脸,在看着这边。"

我们对视了一眼。汀扬起一边眉毛,和笹塚说起话来。

"果然还有残余的党羽?"

"可能吧，您觉得让对方缴械投降会有用吗？"

"如果对方还处在润巳露娜的影响下，应该是没用的。不过既然对方已经注意到我们了，我认为可以先沟通一下试试。"

……嗯？

我突然想到了一件不好的事。

"怎么了，空鱼？"似乎从牵着的手感觉到了什么，鸟子问道。

"汀先生，你前段时间来的时候去过'牛棚'的地下吗？"我开口问道。

"是那个有通往DS研的'门'的地方，对吧？检查过了。"

"在去往'门'的路上，有没有看见一扇很厚的大门？"

"是类似牢房的地方吧，那边我也都检查过了，一个人也没有。"

不祥的预感成真了，我发出一声呻吟。

"不会吧。那里之前关着第四类，起码有两只。"

"哎呀，那可有点不太妙！"

在和小樱一起逃亡途中，我曾潜入关着第四类接触者的房间里。它们受露娜的声音洗脑，被邪教所操纵着。实际上其中的两只还参与了对DS研的袭击行动。

"留在这里的第四类中最起码有一只非常狂暴。如果刚刚哨兵所说的'人影'是它的话，可能会很危险。"

"感谢您提供的情报。"

汀紧接着叫了句"笹塚小姐"，笹塚领首，迅速用无线对讲机发出了指示。

"所有人听着。敌人很有可能是狂暴的 UBL 接触者,提高警惕。"

"了解"——耳麦里迅速传来回答。

我们出了"工厂",回到广场上。接下来要去的是"居民楼"。

5

"居民楼"是一栋很宽的三层建筑,正对着广场的那条走廊是一长排的玻璃窗,和学校的教学楼构造相似。

队伍向着"居民楼"一楼正门前进。进门右手边就是像医院一样带着小窗的接待处,脏兮兮的窗帘正随风摇曳。

一名接线员用霰弹枪枪口撩开窗帘,突然"啊"的一声停下了动作。

"怎么了?"笹塚问道。

"乍一看还以为有人呢……原来是照片。"

"照片?"

他们打开了接待窗口旁边的门,我们得以一睹房间里的样子。

最先映入眼帘的是在桌子两侧相向而坐的人影。下一个瞬间,我就发现自己看错了。房间空空荡荡,里面没有人也没有家具。只是在正对着门的墙上贴着无数照片,组成了桌子和人影的形状。那些照片看上去都像是普通家庭的日常生活照,背景、服装和人物背影极为相似,恐怕都是同一家人拍的。只是照片上的脸都被涂黑了,无法确定是不是同一群人。

"这是?"汀轻声问道。

"这是邪教徒们干的好事吧,纠结其中的含义也无济于事。"我皱起了眉头回道。

这大概也是为了接触"里世界"而举行的仪式的一环,即再现怪谈中的场景。虽然做的事情和布置鬼屋差不多,但一想到他们的目的,就让人感到兴趣全无。

我正要催促他们快走,却发现汀的神情有些奇怪。他看了墙上的照片后,又环顾着整个房间,皱起了眉头。

"汀先生?怎么了?"

"之前来的时候,我应该是检查过这栋建筑内部的,但不记得见过这面贴着照片的墙。"

"欸?"

我和鸟子面面相觑。

"也就是说……在汀先生你过来那天到今天这段时间内,有人把房间弄成了这样?"鸟子说道。

汀沉思着,看上去不太信服。

"是这样的吗……可是我不记得这个房间之前的样子了,想不起来。明明当时肯定检查过的。"

莫非是……

我把意识集中到右眼,再次看向房间内部。

"呜哇，果然！"

我不由得脱口而出。

房间里漂浮着薄薄的银色雾霭，是从贴着照片的那面墙里冒出来的。墙壁像在发热，散发着淡淡的光，雾霭从我们脚边流过，宛如干冰冒出的白烟。

"这里是表、里世界的交点！所以，是这面墙本身不对劲。"

"墙？"

汀眯起一只眼睛，想把脸凑近墙面，我连忙制止了他。

"请不要靠近，中间领域已经溢出到这边了。鸟子——"

我看向鸟子，她耷拉着眼皮，噘着嘴，一脸微妙。

"你能碰到这个吗？"

"这个嘛……"

"可以吧？我会好好看着的，拜托你了。"

"好吧，看在空鱼的面子上。"

鸟子松开牵着我的手，一边摘下手套一边走上前去。笹塚一行人的视线集中在她露出的透明的左手上。鸟子嫌恶地撇开脸，向着墙壁伸出手，触及银色雾霭时她浑身一震。

"碰到了，我该怎么做？"

"我想想……那，抓住它，用力撕一下之类的。"

"你的指示也太随便了点。"

抱怨归抱怨，鸟子还是抓住那片雾霭，握拳向水平方向挥去。雾霭像纸拉门一样被撕裂了,银色的磷光在空中飞散。只有我的右眼能看见的磷光逐渐淡去,留下一面平平无奇的肮脏墙壁。

一张照片落在脚边。似乎是火灾后被烧焦的房子,但我无意去看,转身走向房间一角,离得远远的。

"每次我都想着带个擦手的东西,老是忘了。"

鸟子甩着左手,在裤子上擦了擦,重新戴上手套。

"抱歉,还是很恶心吗?"

"倒也不是恶心,触感很奇特。摸完之后都不知道要拿这只手怎么办才好了。"

鸟子说着再次牵起了我的手。这次用的不是左手,是右手。

"已经没有危险了吗?"

汀询问,我点点头。

"这里已经安全了,大概。"

润巳露娜去往"里世界"的尝试成功了。邪教做的这些恶趣味的布置,让"表世界"出现了人造的中间领域。

入口就这个鬼样子,前面情况堪忧啊!

队伍重新出发,我身处其中,感到一阵不安。

6

我的担心成了真。

和从外面看时的感觉一样,这栋建筑构造类似教学楼,一条走廊有好几个房间。这些房间都布置得很诡异,半数以上与中间领域相连。

有的房间里放着好几件血迹斑斑的学生制服,用钉子钉在墙上。明明没有风,散落一地的教科书和笔记本却在"哗啦啦"地翻动。

有的房间里挤挤挨挨地放着背对我们的人体模特。隔着门明明听见有人在说话,门一打开却鸦雀无声。

有的房间从天花板垂下无数塑料绳,绳子末端系着小纸片,看上去就像神社里绑着的签文①。

有的房间里只放着一台"嗡嗡"作响的冰箱。我战战兢兢地打开,只见里面放着一个戴假发的排球,上面是一张小孩子用歪歪扭扭的笔迹画出来的脸。

但最恐怖的还是那些有石头的房间。比房门还大的巨石,也不知道是怎么运进来的,就那么稳稳地放在里面。房间散发着极其危险的气息,让人一步也不想靠近。还有地板上铺满石阶的房间,仔细一看全是墓碑。有一个房间里铺着纯白的鹅卵石,打开门之前从里面传来"欸欸"的脚步声。室内雾气缭绕,根本看不见对面的墙壁。

我和鸟子穿行在这些布置得极为诡异的房间中,把通往中间领域的"门"一个个关上。

同行的接线员们也逐渐出现了异常。有的人突然开始淌鼻血;有

---

① 日本有抽到凶签就系在神社树枝等地方的传统,寓意将厄运留在神社。

的人泪如泉涌；有的人耳鸣难耐，一把扯下耳麦……没有人开口示弱，但走在他们身边，可以轻易感受到他们的高度紧张。

我们从下往上按顺序检查了一遍，最后的房间位于三楼尽头——是一个浴缸已经烧得焦黑的浴室。关上这里的"门"，之前一直咕嘟咕嘟回荡着的烧开水的声音突然消失了。明明这里没有一滴水，也不知道从哪儿来的声音，让人无比烦躁。而在浴室突然陷入沉寂之后，响起了接线员呕吐的声音。声音的主人是一名强壮的黑人男性，他捂着嘴冲到了走廊里。

"看来是有些吃不消了。"

汀看了看浴缸，小声说。浴缸底部残留的焦痕隐约呈现一个人形，仔细看还能辨认出粘在上面的毛发和皮肤，简直就像把人放在浴缸里慢慢炖煮到水都烧干了一般。或许他们从真正的凶宅里把整个锅炉都弄过来了。或许在其他房间里，也有这种有渊源的东西……

从走廊传来呕吐声，看来他实在是憋不住了。

"那个人没事吧？"我随口问道。

"两位没事吗？"笹塚反问。

我和鸟子对视了一眼。

"呃……也还好？"

"应该没事。"

回答完，我感到一阵阵的后怕。看到一般人对"里世界"事物的反应，我才意识到这才是正常人该有的反应。是我们太过迟钝麻木了吗？还是已经习惯了呢？

这可不是什么好习惯。

我们出了浴室，回到走廊。刚才冲出房间的接线员正盯着窗外看。

"你好些了？"

男人没有回答笹塚的询问。

他突然举起一只手大幅度挥动起来，就像在和外面的某个人打招呼一样。

可这里是三楼，男人挥手的方向只有环绕着"牧场"的树木枝丫。

"马库斯，你怎么了？"笹塚惊讶地问道。

就在那一瞬间，窗外掉下了一个人。

"啊！"

我不禁大叫一声向后退去。虽然是一瞬间的事，但烙印在脑海里的影像分外鲜明。那是一个身穿粉色衬衫和西裤的男人。在下落的过程中，他一直与我四目相对，但分辨不清五官，因为这个人的脸已经摔得溃烂扁平，就像掉在地上的黏土。

我见过他，是之前被豢养在"牧场"地下室里的第四类。

从窗外地面处传来比打耳光要响好几十倍的声音，我吓得缩成一团。原来人从高处落下会发出那样的声音。

"喂，马库斯！你要干什么，快住手！"

不知什么时候，刚才挥着手的接线员半只脚已经踏上了窗框，正要向外探出身子。笹塚飞扑过去抓住了他，但体重相差太大，根本拦不住。

"请放开,我得过去。"

马库斯一边自言自语一边试图往下跳,周围的接线员相继出手相助。在四个人的努力下,终于把这个不断挣扎的健壮男子拉了回来。

他躺倒在地,眼神明显已经失去了理智,瞳孔完全放大,眼泪源源不断地涌出来。

男人想站起来,这时汀的手臂从背后绕过来勒住了他的脖颈。挣扎个不停的马库斯突然脑袋一歪不动了。一瞬间我以为他死了,吓了一大跳,之后才反应过来他应该只是昏过去了而已。

"刚才纸越小姐您看到的是?"汀瞟了窗户一眼问。

"是第四类!我被绑架的时候见过他!"

"他掉下去了,对吧?是从楼上跳下去的吗?"就在鸟子说完这句话之后,那个人再次出现在窗外,掉了下去。

又一次传来重物落地的声音。

"什么?!"

鸟子惊讶地叫出了声,而她背后的其他接线员也开始摇摇晃晃地走向窗边。这次是那名拉丁裔女子,和刚才的马库斯一样,她的眼神已经涣散。

"米歇尔!"

就在女子马上要到达窗口时,笹塚喊着她的名字从后面抱住了她。

一片混乱中,我突然明白了。

这是——"看了就会死"的怪异！

我在"牛棚"地下见到那个跳楼男时，他也在做一样的事。被囚禁在小房间里，从天花板掉到地上，又回到天花板，又掉到地上……不断重复着。这个人反反复复在同一个地方不断摔落，看到他的人就会被带着一起往下跳。

看到跳楼自杀者的幽灵后，便会被拉着迷迷糊糊地跳楼而死。这是怪谈中常见的套路。这类关于"死人拉着活人垫背"的怪谈都很好懂，让人提不起半点兴趣，这次出现的大概就是那一类吧。

人影再次出现在窗外，我急忙大喊。

"别看窗！不要看那边！"

说着我自己也背过身去，当场蹲下。隔了一会儿，外面又传来重物落地声。还站着的接线员和鸟子也都像我一样低下了头。

"空鱼，这是什么？"

"要是看见他往下掉的瞬间就会被拉着一起去死！"

笹塚制止了其他试图靠近窗口的人，对着耳麦叫道。

"Base！这里是突击队A小队，我们遭到了第四类的攻击。射杀那个从居民楼向下跳的男人！"

"向下跳的男人？"对面的声音听起来有些困惑，停滞了一瞬，"已确认。射杀向下跳的男人，没错吧？"

"没错，马上攻击。"

"明白。"

"趴下，护住头部！"笹塚对我们说道。

就在下一秒。窗外传来接连不断的枪声，紧接着碎裂的窗玻璃四下飞溅，撒在我们背上。

"啪"，人体落地的声音听上去越发响亮。

一切归于静寂。

不再有断断续续的掉落声。

耳麦里传来沙沙声。

"命中了，目标已经没有反应。"

"……可恶，被摆了一道。"

那名女性接线员似乎恢复了理智，眨巴着眼睛发出呻吟。

"米歇尔！"

"抱歉，我已经没事了。"

笹塚松了口气，对着无线对讲机说起话来。

"Base，现在能确认掉落者吗？"

"能看见，没有反应。"

"靠近确认是否有生命体征，派三人小队过去。目标具备干涉精神状态的催眠能力，如果发现同伴异常马上终止行动。如果目标还能行动直接开枪，击杀为止。"

"明白。"

那边报告的声音突然紧张起来。

"屋顶上还有一个人！"

"在哪儿?"

"就在老板你们的正上方!"

紧接着头顶传来一声巨响,我们条件反射地向上看去。

屋顶响起了"咚咚"的脚步声,有人在上面到处乱跑。脚步声十分杂沓,听上去像是小孩子在全力狂奔,但又重又猛,天花板上的灰尘簌簌落下。

汀把枪口对准了天花板。

"这里似乎没有通往屋顶的楼梯。"

之前我们检查过的房间里也并未发现梯子或楼梯。

那人毫无章法地跑着,我们不由得扭头追随着那脚步声。突然脚步声停住了。

"Contact(迎击)!"

接线员的其中一人叫喊着调转了枪口。

就在走廊另一端的尽头,不知什么时候站了一个人。

是一个漆黑的人影。虽然是人的形状,但双眼吊起几乎呈直线,就像经过艺术加工的狐狸面孔。他的嘴巴张开,像在狂笑,白色的牙齿和血盆大口烙印在我的视网膜上。

那人看着我们,发出撕裂般的怒吼。

"嘎呜!嗷!"

这家伙……我记得这个叫声!他之前也和跳楼男一样被关在"牛棚"地下!是门上写着"5号"的那个人!

"5号杀太多了。"邪教徒们曾经这么说过……

充血的吊梢眼对上了我的视线,他在看着我。

5号在用野兽般的咆哮说着些什么。

"嗷!呜……人啊啊啊!"

光从那双眼睛里就透出了满满的杀意和恶意。

他紧盯着还蹲在地上的我跑了过来。挥动着巨大的双臂拼了命地跑着,离我越来越近。

我倒吸了一口冷气。

要被杀了,我本能地感到恐怖,一阵瑟缩。

"空鱼!"

鸟子拉着我的手,我摇摇晃晃地站起身。但这里是三楼走廊的尽头,没有任何藏身之处,躲进房间里无异于自投罗网……

鸟子紧紧抱住了手足无措的我。汀从旁跨出一步,开了枪。

血雾从狂奔着的5号身体周围弥漫开来。只听霰弹枪"咔啦咔啦"地上膛发射,上膛发射,速射时枪声几乎没有间隔。

笹塚和其他接线员也开始齐射。

震耳欲聋的枪声响彻走廊,5号中枪后也势头不减,以惊人的速度大步冲来。就在还有几步之隔时,他终于双膝一软,头朝下瘫倒在地。漆黑的躯体就在离我们不足一米远的地方。

"呜……啊啊……"

5号咬牙切齿地呻吟着,所有人依然一动不动,枪口指向他。

呻吟声逐渐变得微弱，正当我以为声音要消失时，5号突然开口说话了。

"在这种……深山老林里……做什么……"

怪物突然口吐人言，所有人都僵住了。

"在那里的……是什么……"

他的呻吟在鸦雀无声的走廊里回荡。

"不对劲……你看，有什么东西在。"5号自言自语地说，"所以说，那座山是……一个空洞。"

这是他的最后一句话。

5号不再动弹，呻吟声也停止了。又过了一会儿，确认他不会再复活反击之后，众人才放下枪。

"这是……什么？"

对鸟子的询问我只有摇头作答。之后，意识到她的脸凑得非常近，我慌忙退开。这个距离能清晰地嗅到鸟子身上的清香，不知是汗水还是香皂味。

我看着倒在地上的第四类陷入了思考。

这家伙的样子也是来自某个怪谈吗？我一时间想不到具体来源。似乎见过类似"被狐狸附身后变成直线吊梢眼"的故事，但或许和这次事件没什么关系。迄今为止见过的第四类也并不都与我知道的怪谈有关。

只要踏错一步，我和鸟子也会变成这样的怪物吗？变成这种袭击

人类，神秘莫测的怪物……

"把运尸袋拿过来。"听着笹塚发号施令，我却始终无法把目光从躺在地上的5号身上移开。

7

我们出了清扫完毕的居民楼重新整队，刚才差点遭到跳楼男毒手的马库斯等几个接线员和后援交换，回了Base。

最后还剩下一栋"牛棚"。邪教组织豢养的第四类应该都已经被解决了，但众人还是很紧张，各自无话。

"牛棚"一楼有好几处水泥浇筑的围墙，用木栅栏隔开，但没有使用过的痕迹。其中一处围墙里设有通往二楼的楼梯。

二楼也和"居民楼"一样，走廊里的房间都布置成了用来召唤"里世界"的样子。有男用小便池异常多的厕所、放着躯干雕像的厨房、用红油漆写着"救救我"的儿童房，但没想到这回我用右眼看去，却一扇"门"也没有。不知是因为这边都是完成度不高的"初期作品"，还是他们尚未进行细化工作。

我们再次穿过错综复杂的通道，这次的目标是地下。地下寂静而黑暗，只有零星几盏白炽灯亮着，发出细微的"滋滋"声。

我当时被囚禁的牢房和关着第四类的房间都空空如也，当然，要是有人就糟糕了。因为汀事先来过，检查工作比想象中顺利。结果还是没找到其他"门",可能"居民楼"是专门强化过的,用于与"里世界"接触的建筑吧。

但这栋"牛棚"里有着最大的一扇"门",也就是"地下的圆洞"。

在地下通道尽头的厕所最里面一个隔间里藏着向下的楼梯。不管从男厕进还是从女厕进,最终都会在平台处汇合,并通向更深处。尽头的门大开着,煞风景的水泥大房间里安着一个巨大的铁环。只有我的右眼能看见铁环里充满了银色的磷光,像盖着一层肥皂泡似的膜。

"地下的圆洞"——这是润巳露娜袭击 DS 研时使用的大型"门"。

这里是"牛棚"的最后一个房间,走到这里都没有敌人出现,紧绷的氛围终于缓和下来。

"纸越小姐,这里仍然和 DS 研连接在一起吗?"

"谁知道呢……要打开看看吗?"

"可以的话麻烦您打开一下。"

"可以吗?"我回头看向鸟子。

"OK。"

鸟子脱下左手手套,走近"圆洞"。做了这么多次,她已经习惯了。透明的手抓住那磷光迅速一扯,"嘭"的一声,铁环里出现了别样的光景,是 DS 研的地下停车场。

一旁看着的接线员们发出一阵骚动。

"打开了。"

回头看时,笹塚也出神地凝视着打开的"门"。

"这个,和溜池山王那边的DS研大楼是直接连在一起的?"

"似乎是这样。连接表、里两个世界的'门'多多少少会通过中间领域,但这里的中间领域非常短,几乎感觉不到。"

"这种事能办到吗?"

"露娜邪教中的第四类,有一个人大概是专门负责打开'门'的,有那家伙在的话说不定可以。"

是那只在"里世界"被闰间冴月杀死的肥头大耳的第四类。当时它用一整个脑袋打开了"门",现在想来,它拥有的正是我的眼睛加上鸟子的手的能力。

"真是可怕……"笹塚轻声说,"极端邪教组织竟能随心所欲地使用这种移动手段。一想到如果没能阻止他们的话会发生什么,我就毛骨悚然。"

"应该有很多人希望得到这扇'门',这是无价之宝。我想您已经明白了,还请……"

"和这个牵扯上事情可就大了,我不会把这么可怕的事说出去的。"笹塚僵硬地笑了笑,回答汀。

"这个要开到什么时候?"鸟子问。

汀这才反应过来。

"没事了,您先关上吧。非常感谢。"

鸟子松开手,打开的口子严丝合缝地关上了,扬起一阵气流。

汀和笹塚开始就如何处置这处设施进行讨论。我和鸟子只得站在一边干听着。

"能从这里往来 DS 研倒是省事,虽然交通有些不便。"

"是的,难得这里连着贵公司的地下停车场,如果车能通过这扇'门'的话……"

"我不认为邪教方面没考虑过这一点。前段时间过来调查时,我刚好看见建筑背面有一个用重型设备挖的大洞。个人推测他们可能准备从外面建一个斜坡通往房间,让车辆能开进'圆洞'。"

"嗯,原来如此。DS 研打算继续施工吗?"

"这也不失为一个方法。只是还要考虑到要为这栋设施提供多少资金的问题。定期检查肯定是需要的,那还不如把这里全部毁掉比较安全。"

"啊,糟了。要是这里被毁就糟了!"

听着他们的对话,我有些焦躁,这时鸟子把脸凑了过来。刚刚被抱紧时闻到的香味再次沁入鼻端,让我手足无措。

"在想什么吗?"

"有……有点事情,"平复了心情后,我大声说,"汀先生,有件事想跟您商量商量。"

"请讲。"

"这个'牧场',能让给我吗?"

哈?空气中弥漫着明显的迷惑气氛。

"让……是指?"

汀一脸惊讶，我连忙进行说明。

"这里不是普通人能够管理的。整个'牧场'和'里世界'之间的边界非常模糊，虽然我们姑且把看到的地方都处理过了，但可能有漏网之鱼，也可能会突然出现其他'门'。靠我的眼睛和鸟子的手能修复这些地方，但那些看不到、摸不到的人光是待在这里就很危险了。"

"原来如此。"

"我并不是想要这边的产权。啊，当然，如果您给我的话，我也会收下的，但不是这个问题，我希望成为这里的管理员。"

我因激动而拔高的声音在这个空荡荡的"圆洞"房间里回响。

"这肯定是最好的办法，不能把这么危险的地方交给别人处理，请雇我当这里的管理员吧。啊，还有，请给我开工资。"

鸟子一脸怀疑地注视着大汗淋漓、奋力演讲的我。

汀考虑了一会儿才开口。

"目前我们还不清楚这个地方是怎么登记在册的，我只能先给您一个暂定答复——可以由DS研以业务委托的形式让纸越小姐和仁科小姐两位管理'牧场'。"

"真的吗？"

"作为参考，还想请问一下，您当上管理员之后想做些什么呢？"汀定定地看着雀跃不已的我问道。

"欸，那个，呃……是这样的，我想赚钱。"

"所以您希望从事监视'牧场'的工作吗？"

"啊？嗯，没错，是这样。还有那栋建筑物和中间领域有接触，我想能不能找到些'里世界'的生成物（Artifact）什么的，找到之后进行回收。这些生成物对'看不到'的人来说也很危险，所以希望您能交给我来完成。"

我滔滔不绝地说着些现编出来的理由。

汀露出了为难的神情。

"刚才我们也提到过，这处'门'的潜在价值难以估计，除了邪教组织之外可能还会有其他人来抢。从这一点来看也很危险。"

"这更说明只有我和鸟子两个人能妥善处理好这个'门'，所以需要我来当管理员。"

"原来如此，的确如您所言。我明白了，今后将进一步考虑您的提议。"

"非常感谢！"

我装作没注意到鸟子充满怀疑的视线，高高兴兴地道了谢。

8

清除了"牧场"的全部威胁后，我们开始撤退。

有好几个人直接从"地下的圆洞"回到了DS研。所有人上交的枪支、装备，以及两个拉着拉链的运尸袋都通过鸟子打开的"门"相继被搬到了地下停车场当中。

约有半数接线员也从"门"走了。

这里是饭能的山里,离市中心有几十公里,能瞬间移动过去固然方便,接线员们看上去却不太开心。靠着原理不明的神秘技术移动,感到不情愿也可以理解。

"有劳各位了。"

"圆洞"对面的接线员们挥了挥手。

我向鸟子点头示意,那只透明左手打开的圆形"门""啪"的一声关上了。

地下停车场的光景消失了。少了不少人,周围突然变得安静。

笹塚的手机立马响了起来,她接起电话,三言两语说完后便挂了。

"那边没有问题。"

汀点点头。

"那我们这边也撤退吧。"

我们出了有"圆洞"的房间,顺着楼梯往上走,穿过迂回曲折的长长通道,出了空荡荡的"牛棚"。大件装备已经先用"门"送回去了,现在一身轻松,只需要乘车回家。

我们俩看着剩下的接线员分别坐上两辆卡车,汀催促道:"两位也请上车吧。"

"啊,不了,我们稍微在这边转转再回去。"

鸟子迷茫地转过头看着我,汀也皱起眉头。

"就你们两位吗?那恐怕……"

"我的眼睛对周围的人太危险了,有人时不方便用。以防万一,我想把今天检查过的地方再看一次。鸟子,你能陪我一下吗?"

"……嗯,好。"

"就是这样,没关系你们先回去吧。不过因为我们要从'圆洞'回去,说不定是我们比较快。"

"……明白了。附近已经检查过,应该没有第四类或邪教余党,还请两位务必……"

"我们会小心的,那一会儿见。"

我和鸟子目送两辆车顺着两侧野草丛生的窄路向下驶去。

引擎声已经听不见了,我不由得长出一口气。

"哈……"

人这么多,好累啊……

我放松下来,这时鸟子迅速靠近挽住了我的手。

"终于可以和你两人独处了,空鱼。"

"啥?"

鸟子把头靠在我肩上。她比我高,姿势显得有些别扭,具体说来就是鸟子的体重全部压在了我的左手臂上。

"唔呃,快放开,手要脱臼了。"

"告诉我你有什么企图就放开你。"

"你在说什么我听不懂。"

"喂,空鱼,我虽然没有像你一样的眼睛,但别人有什么事瞒着我,还是能看出来的。"

这家伙眼睛真毒。

看来还是在记仇,因为我看到了闰间冴月却一直没告诉她。

和抱着自己手臂的鸟子在咫尺之遥四目相对,我有些慌乱。

"话说你今天是不是贴得比平时近啊?"

"是吗?跟平时一样啊。"

鸟子淡淡带过,放开了我的手。

不对,绝对贴很近。

在露娜一伙人袭击DS研那天之后,鸟子和我的距离仿佛缩短了不少。我是指物理上的距离。以前她不会这么频繁地牵我的手。

"说点什么嘛,空鱼。"

"欸?嗯,啥?"

"那个,你说要监视'牧场'是编的吧?"

"不是编的啦,只是没全说出来。"

"我就说嘛。"

我转过身向反方向走去,鸟子追在后面。

"你要去哪儿?"

"'居民楼'。还要请你再帮个小忙。"

"好好好,我现在已经摸什么都无所谓了。"鸟子破罐破摔地说,果然她还在生气。

我们在"居民楼"入口从包里拿出了枪带在身上,熟悉的马卡洛夫手枪的重量让我稍微放松了点。

"空鱼，准备好了？"

"OK."

"那跟我来。"

"欸，嗯？"

鸟子单手握着枪走到我身前，打开了"居民楼"的大门。

"刚才已经全部清扫过，应该没有危险了，但保险起见还是不要离开我身边。"

"哦。"

我心不在焉地回答，看着鸟子的背影，老觉得有哪里不对劲。

"鸟子，总觉得你今天好奇怪啊。"

"欸？"鸟子惊讶地回过头，"奇怪？哪里？"

"就是……感觉距离和平时不一样了，你平时不是这样子的吧？总觉得你今天，好像特别卖力，或者说用力过猛。"

"过猛……"

鸟子一时语塞，僵在原地。我试图说点什么安慰她。

"你看，你今天不是一直护着我吗？"

"呃，我以为平时就是这样的，毕竟我比空鱼你更习惯这种……用枪什么的……"

"是这样，但怎么说呢，今天和平时不一样。"

我绞尽脑汁想着合适的说法。她那谜一般温柔守护的微笑简直就像……保镖？不太对。守护者？也不是。

"啊，我想到了！就像监护人一样！"

鸟子目瞪口呆。

"监护人……"

"鸟子你今天不是一直在保护我吗？所以我才觉得不对劲。"

"……"

"我们之前不是这种相处模式吧。"

"欸……啊……"

终于找到绝妙的形容，我很满意。鸟子却一脸愕然。

"怎么了？没事吧？"

"呃，嗯。以前不是吧，可能。"

"咦？这家伙真的没事吗？"

"Are you OK？"

"Yes OK…Maybe."

这可不是没事，感觉鸟子从来没这么慌过。

我担心起来，握住了她颓然垂下的手。

"那个，你有这份心我很高兴。像之前一样就可以的，不用逞强。"

"像之前一样……"

"好啦，我们走吧？"

我拉了她一把。

"啊。"

鸟子向前跟跄一步。我没松开手，就这么走进了"居民楼"。

"空鱼，像之前一样，是什么意思啊？"她惴惴不安地问。

"你想想，今天人挺多的嘛，你绷得很紧，对吧？"

"可……可能吧。我比较怕生，旁边人太多就会紧张。"

"我就说嘛，我懂的我懂的。"

我松开她的手，一边走一边伸了个大大的懒腰。

"啊，真是的，你说的没错，终于两人能独处了。虽然有很多带枪的伙伴让人很有底气，但人那么多好不习惯啊。"

"嗯。"

"要是有个万一，这些人就都要我们俩照顾了，一想到这个我就心累……还是两个人自由自在的好。"

我在某个房间前停下了脚步。这里位于一楼走廊的正中，朴素的房门上嵌着一面磨砂玻璃窗。

刚来时玻璃上凝着水珠，靠近还能感觉到凉意，但关上"门"之后水珠便蒸发了，没有任何异常。

打开门，房间里倒扣着一艘破破烂烂的划艇。就在刚才，划艇下还有一片瘆人的人形斑痕，现在看上去却只是块普通污渍罢了。

"鸟子，能帮我开一下这里的'门'吗？"

"刚刚才关上啊？"

"嗯，拜托你了。"

鸟子一脸惊讶，用左手打开了"门"，湿润的空气再次流入室内。

"门"的另一边能看见路标一样的东西漂浮在雾气中。

"你看，这里直接连着'里世界'，我们走吧。"

"欸？嗯。"

我和鸟子穿过了这扇"门"。那个路标似的标志上有一道斜线，像是禁令，斜线下是一个莫名其妙的图案，像溺水的小孩，又像章鱼。

"可以关上了。"

"可以了？"

"嗯，能看见银光，有你在应该能回去。"

"知道了。"

鸟子松开手，"门"关上了。

经过路标又走了一小会儿，脚边出现了草丛。雾气消散，我们看清了身处的环境。

"是河。"鸟子自言自语道。

"里世界"的河流就横卧在我们眼前。流速缓慢，但河流很宽。在朦胧的阳光照耀下，水面泛着柔和的光。

回过头，是一望无际的草原，看不到熟悉的标志性景物。也就是说，这里是我们还没探索过的地方。

"在关闭'居民楼'里那些'门'时，我发现了好几个能用的、中间领域比较短、能马上进入'里世界'的'门'。但我没把那些特别恐怖、让人不想靠近的房间算进去。"

"你当时怎么没说呢？"

"怎么可能说！这里是我们的专属世界，我当然不希望其他人进来啊。"

鸟子瞪圆了眼睛，一动不动地盯着我。

"干吗？"

在她视线的压迫下我不由得问道，鸟子憋不住笑了，说道："好喜欢空鱼。"

"哦，是吗？"

"最喜欢你了。"

"好好好，谢谢你。"

突然的袭击让我慌了神，我小声嘀咕着回答。鸟子这种随意的说话方式让人觉得很新鲜，虽然不把我当外人挺令人开心的，但要把这位美女口中的"喜欢"当真的话，我会承受不住的。平复完心情，我开口说道："那……那我们……回去吧。"

"欸，这就完了？"

"嗯，正式冒险等下次准备好再来吧。"

我们沿着来时的路折返，去尝试下一处"门"。

9

我们穿过位于一楼里侧房间的"门"，来到了悬崖半山腰的一个洞窟。紧贴在岩壁上的木踏板向左右两边延展而去，看上去两边都能

走,但路很窄,稍一疏忽就可能失足跌落。下面是郁郁葱葱的森林,能看见蛇一样的细长生物在树枝上蠕动。

二楼最外面的房间因为有摩天轮,所以最开始我以为那是座游乐园,但靠近看时才发现钢筋上悬挂着的竟是巨大的石块,而周围的娱乐设施都锈迹斑斑,破破烂烂,但从形状来看,哪怕是崭新的也不是人类能玩的。

还有一处是森林里的广场,那里立着一些由树枝组成的稻草人。树丛中十分昏暗,伸手不见五指。广场中央隆起一个土坡,像是埋着什么,只有这里密密麻麻地长满了白色蘑菇,空气中飘着一股浓烈的薄荷味。

还有满是垃圾的岩场。地面被因为风吹日晒而变得发脆的塑料片和饮料瓶所淹没,其间露出发绿的岩石。垃圾堆下断断续续传出"叽——叽——"的声音,像小马达的驱动声,又像虫子叫,用鞋拨开垃圾却什么也没有。

还有一处是沙丘,上面歪歪斜斜地立着公园里常见的公厕。里面发出很响的水流声,似乎是音姬[①],与吹过沙丘的风一唱一和。从公厕门口向里望去,隔间门大开着,荆棘般的带刺灌木从马桶里冒出来。

还有一处"门"通往没有一丝光线、带着霉味的黑暗当中。用手电筒照去能看见一条通道,左右并排摆放着挤在一起的储物柜。还没

---

① 日本厕所里设置的一种会发出流水声的装置,用于掩盖如厕的声音。多见于女厕。

来得及去看前后到底通往哪里，就感觉到从柜子里射来几道强烈的视线，我们马上逃了出去。

还有一处地方放着大小正好的篝火，就像为我们量身定做的一样。能见度极高的草原正中燃烧着篝火，视线所及却空无一人。篝火周围散落着几块难以辨认的小动物骨骸，被蜘蛛丝一样的东西缠住了。

美丽的、奇特的、恐怖的……

我们再次开启那些可能派得上用场的"门"，窥视"里世界"的片段。这是对探险候选地区的踩点，是对未知世界的一次预览。乍见之下，几乎没有离已知地区较近的"门"，和迄今为止我们探险过的地方离得都挺远的，但还要进一步检查才能确定。最后看下来，能用的"门"共有六处。润巳露娜率领的邪教不是什么省油的灯，但就结果来说干得还算不错。

最后尝试的这扇"门"连接着一处山中湖畔。此时恰逢落日西沉，黄昏的天空带着淡淡的七彩，非常美丽。

微波静静拍打着湖畔，岸边散落着许多交叠在一起的白色浮木。和鸟子一起眺望着湖面时，我突然发现，对自己来说最快乐的不是跟在她的身后，也不是拉着她跑，而是像这样两人肩并肩去往各处探险的时刻。所以刚刚被她展示过度保护的时候，我才会觉得难受。

在走马观花检查各个地方期间，鸟子似乎也找回了平时的状态，正一脸沉静地欣赏着天空颜色的变化。掠过湖面的微风轻拂着她的金发，我看得出神，这时鸟子察觉到我的视线，转过头来问道："怎么啦？"

"没有，只是……"我摇摇头，又改变主意说道，"我想做的事特别简单，能在'里世界'探险就满足了。和你一起，两个人，没有其他人来打扰，从开始到现在我都这么想。你又是怎么想的呢？"

"怎么想是指？"

"说到底……你是为了找人才进'里世界'的吧。但那个人，已经没救了，不是吗？"

我们在"里世界"深处邂逅的闻间冴月已经完全变成了怪物。就连差点被带走的鸟子也被吓得悚然退却。

"所以你原来的目标已经没有了。那么你今后要为了什么进来呢？"

问完我才感到惊讶。如果是在以前，我应该是不敢问这个问题的。不知道为什么这次却轻松地脱口而出。

鸟子沉默了一会儿。

说得有点过了啊，正当我这么想时，她终于开口：

"空鱼是想和我一起在'里世界'探险，对吧？"

"嗯。"

"我也一样。我也想和你一起在'里世界'探险，这里就像一个无人知晓的秘境一样，这样的探险生活令我很充实。"

"……这就是你想做的事？"

"嗯。"

鸟子点头。我松了口气，突然不好意思起来，撇过脸小声说："这样啊。那今后也请你多关照了,鸟子。"

"我才要请你多关照呢,空鱼。"

虽然看不见她的表情,但回答的声音非常温柔。

10

在天黑前我们便离开了"里世界",出了"居民楼"。总归还是不想晚上待在这里。

"快点,从'圆洞'回去之后吃饭、洗澡……"我们聊着没营养的话题,走到"牛棚"入口时,蓦地停下了脚步。

很臭。

刚才"牛棚"里还没有半点气味,现在却弥漫着粪便和血腥味。其中还混杂着野兽的腥臭……

扑鼻而来的,正是那种"牛棚该有的臭味"。

我们交换了一个眼神,各自拔出马卡洛夫小心走近"牛棚"入口,向内望去。

西斜的阳光照进了"牛棚"里。在光与影的交界处,有什么东西在蠕动。

"……是牛?"鸟子轻声说。

我也这么觉得,似乎是只小牛犊。它横卧在地上,正挣扎着试图站起身来。小牛浑身湿漉漉的,像刚生出来,身上长着黑色的绒毛。

用右眼看去，样子也没有变化。我们保持着枪口对准它的姿势慢慢靠近。

或许是察觉到我们绕到了正面，牛犊抬起头来。

"呃……"

"啊！"

我们不由得失声惊叫。这只牛长着一张男人的脸，双眼失焦涣散。它的脸朝我们抬起，歪歪扭扭地摇晃着，却没有发出任何叫声。

"空鱼，这是什么？"

我一时间说不出话来，好不容易从嘴边挤出几个单词。

"……件……"

长着人脸的牛——"件"，早在网络传说出现前的江户时代就已经有了关于它的传说。这种古怪的动物出生仅数日便会死去，但在此期间会口吐人言，预知未来。

我之所以慌乱，不仅是因为眼前出现了怪物。还因为总觉得"件"的脸看上去有些熟悉。这张空洞的、像死人一样呆滞的脸到底是……

"件"张开嘴，传来微弱的声音。

"红色的人要来了。"

听上去像是这样的。

"红色的人要来了。红色的人要回来了，空鱼。"

"这家伙在说……啊！"

鸟子发出了凄厉的尖叫。明明我们一直紧紧地盯着，然而"件"

的样子变了，变成了一个身穿黑色和服的女人，端坐在水泥地上。袖口露出的手骨节凸出、满是皱纹，那是一双老婆婆的手。肩膀往上是一个日本和牛的头，长着短角，不知道为什么，总觉得在哪里见过。

"你是个不祥的女人，空鱼。"

"件"——不，现在是牛女在说话，长长的涎液垂落，沾湿了和服的膝盖位置。她的声音我也在哪里听过。

"不祥的女人，灾厄的种子，你，和你母亲很像……"

我尖叫起来，扣下了马卡洛夫的扳机。

枪声在"牛棚"里回荡。等回过神来，我已经将子弹如数击发，套筒退了回去。

"空鱼！你没事吧？"鸟子按着我的手喊道。

我说不出话。牛女所在的地方已经空无一物，地面上只有一大片飞溅的液体，像稀释过的血液。

我当然见过。

那是我的父亲和祖母。

男人的脸，是我死去父亲的脸。牛头说话的声音，是我已故祖母的声音。

Otherside Picnic

档案13
隔壁的潘多拉魔盒

1

"All right, all right, all right, 就这样保持, all right…好, Stop！"

照着市川夏妃的指示，我把从卡车货斗上卸下的AP-1熄火，长舒了一口气。和在"里世界"无所顾忌、纵横驰骋不同，在这里一直要注意有没有撞上东西，累死我了。

今天我通过小樱家门前的"门"把停在"里世界"的AP-1开了过来，并让夏妃开卡车运走。因为不想和不熟的人在卡车上独处，我还特地一个人乘电车从石神井公园坐到了埼玉的南与野站。这是离我住的地方最近的车站，所以与其说坐到，不如说是回到了这里。

我下了电车，负责开卡车的夏妃正好从驾驶座上下来，"砰"的一声甩上门走向我。

"辛苦喽，那钥匙先放我这儿。"

"啊，嗯。"

我把钥匙交给她，回过头，夏妃家——市川汽车维修厂的车库里并排放着不少车，没有顶篷和车门的农机AP-1混迹其中，显得格格不入。

身穿工作服的夏妃正拿着垫板，用圆珠笔在纸上飞速书写。

"也就是说，需要更换马达并进行整体检修，对吧？"

"嗯。零件这方面我不懂，就交给你了。"

"一般来找我们帮忙改造车的客人多多少少都会有些讲究的……算了没事，交给我吧。"

解决了出现在夏妃家的"猿拔女"之后，我要求的谢礼就是帮忙改造 AP-1。

在石垣岛时喝酒上头才买下的这台农机，是我和鸟子在"里世界"探险时非常靠谱的战友，能载着货物在坑坑洼洼的路上行驶，完美满足了我和鸟子两人单独在"里世界"探险的需要，但……再怎么说，最高时速只有三公里也太慢了点。

不过还是方便的，我也很喜欢，为了今后继续使用下去，我打算给它换个马达，提高动能。在"猿拔女"事件中茜理惹了个大麻烦，当时让我不知如何是好，但能认识在汽车维修厂工作的夏妃，也是件好事，还省了改装费。

想到这里我不由得露出笑容，夏妃怀疑地盯着我。

"作为之前那件事的谢礼，费用基本由我们这边出……"

"麻烦你啦。"

"我直说吧，预算有上限吗？"

"欸？"

"如果只换发动机会出故障的。搭载了大型发动机，车体的平衡会发生变化，容易损坏行驶系统，噪音也会变大，你一定会想换消声器的。你说'交给我'，我能做到什么程度？"

"是指我能贴多少钱进行改装吗？"

"没错。劳务费不会收你的，我说的是在需要多余零件的情况下能有多少经费？"

"那个……大概需要多少？几万？几十万？"

"啊，那我大致给个标准，有十万级别、二十万级别和五十万级别的，你能出多少？"

"十……十万。"

"我知道了，OK。"夏妃干脆地点点头，"能给我两周时间不？做完我再联系你，谢了。"

"不是免费的吗？"

被随意搪塞几句送出市川汽车维修厂时，我的表情想必非常疑惑。

2

哎呀，算了。

算了算了，没办法。虽然有种上当受骗的感觉，但夏妃肯定没骗我。大概吧。

途经超市买了熟食当晚饭，在暮色中走向家里时，我的心情已经几乎平复了。

也是啦,就算说是谢礼,对方能负担的金额也是有限的。担子全砸在自己身上,想必夏妃也很为难,事先打过招呼已经很够意思了。

嗯。但总觉得有点……

为什么呢?可能是因为之前没想到还要花钱,心理落差太大了吧。自己在十万、二十万和五十万这三个选项中,迅速选了最便宜的十万套餐也让人耿耿于怀。十万对我来说确实是一大笔钱,但要在危机四伏的"里世界"用它赌命,这么小气真的好吗?

我真是没出息啊!

闷闷不乐地想着,不知不觉间回到了自己住的公寓。

我租的房间在一楼那三间房的正中,是102号房。正当我一边在包里摸索着钥匙,一边走进一楼走廊时,突然发现闪烁的白炽灯下有个人影,正在开最里面的103号房门。

我心中暗暗叫苦,明明之前从来没撞见过的。

可能是我想太多,在大门口撞见邻居总觉得很尴尬。但站在原地不动也会让人觉得自己过分警惕……

"赶紧给我进去吧……"我如此想着,放慢了脚步走过去。但这个打算也落空了,邻居打开门时,我已经站在了自家门前。

我别无选择,正想对上眼神时点头示意,却突然发现了一件奇怪的事。

这个人伸向房门的手——袖口露出的手腕和手掌,看上去特别的……扁平。

我大吃一惊,抬起头时邻居已经闪身进门,不见了踪影。门轻轻关上了,留下我一个人站在阴暗的走廊里。

"嗯?"

我盯着隔壁房门看了半响。门把手没有动静,四下里一片死寂。

刚才好像看到了什么奇怪的东西……

我疑惑着开锁进了自己家,关上门。

落锁,扣上防盗链。

脱鞋,开灯,穿过厨房走进房间。

带灯罩的荧光灯管照亮了这个熟悉的房间,房间的面积有六张榻榻米那么大。

我把包扔到床上,把超市购物袋放在矮桌上,脱下风衣,挂在窗帘杆上的衣架上,又脱下袜子丢进洗衣机,顺便在洗碗池洗了手。

关上水龙头,我侧耳倾听……

隔壁房间没有半点声音。

"嗯?"

我回到房间,坐在矮桌前,从购物袋里拿出购买的熟食。有南蛮腌竹荚鱼[①]、扁豆拌豆腐和栗子饭。用电水壶烧开水,泡了速溶味噌汤开始吃饭。

---

① 把葱花、辣椒等配料放入炸好的鱼里,加醋腌制而成。

和鸟子出门吃饭花了不少钱，所以为了控制恩格尔系数，一个人的时候，我基本都用超市打折时买来的熟食凑合一下。家里有微波炉，倒是可以热饭，但我已经习惯了凉菜，经常直接吃。这可能是高中时期养成的习惯。

默默吃完后，我把碗碟拿到洗碗池稍微冲了冲，放进装塑料垃圾的袋子里。又洗了筷子和碗，翻过来晾干，关上水龙头，侧耳倾听，还是没有声音。

"……"

回到房间坐在桌子前，我打开笔记本电脑浏览学校官网，明天是周一，有课程安排以及要交的报告。虽然时常感到很不真实，但我和鸟子确实是大学生，必须学习。

说实话，因为和"里世界"扯上了关系，我们很少有时间履行作为学生的本职。我时常想可以直接退学了，只要我们愿意，就可以用从"里世界"捡到的东西换钱活下去。

虽然这么想，但其实我也没有讨厌学习到想要立即退学，而且也付了学费，所以最后还是接着上了下去。

我打开写到一半的报告，接着写了一会儿。这是《文化人类学概论Ⅱ》的课题，总结巴厘岛的传统舞蹈如何成为新的旅游资源。想起课上看的卡恰舞视频里连续不断的"恰恰恰"的曲调，我不由得走了神。

不，走神的原因不只是卡恰舞。隔壁那个人的手一直在脑海中挥之不去。

我停下了敲打键盘的动作。

"怎么想都很奇怪。"

我自言自语着闭上眼,试图清晰地回想起那一瞬间看到的东西。

从袖子里伸出的薄薄的手腕,扁平而有光泽,质感像是黑色的金属。上面胡乱打着几个铆钉,粗制滥造的,要说是假肢也太奇怪了……

我脊背一寒,睁开眼睛。

不对……那到底是什么?我看到的是什么?

回头想想,我竟然记不起那个人穿的衣服,这也很奇怪。我试着回忆,也只隐隐记得是个女人的样子。虽然我之前对住的邻居是何许人也没有半点兴趣,但没想到竟然陌生到这种程度。

说起来,自从搬到这里,我从来没听过隔壁传来任何声音。因为是第一次一个人住,我还是比较注重邻居感受的,因此也觉得隔壁尤其安静。明明另一边的101号房经常传来餐具碰撞和电视的声音。

因为注意力不集中,报告写得废话连篇。总算写完了,我合上笔记本电脑,再次侧耳倾听。

还是没声音。

犹豫了一阵,我走到厨房拿起杯子扣在墙上,用耳朵凑近……

这一举动实在是太可疑了,连我自己都无话可说。要是能确认隔壁只是个安静的人倒也好,就怕不是那样。总觉得这场景似曾相识。似乎在哪里读到过类似的体验谈:"隔壁邻居开门时,看到对方的手变得奇怪……"

我把耳朵贴在杯底，屏住呼吸。

一开始只能听到自己耳道里回响着血流的声音，闭上眼睛集中精神，逐渐传来沉闷的说话声，就像从水底浮出来的一样。

（……没有）

（拉……的话）

（……有谁……）

（墙的……哦）

我听得一头雾水。虽然完全听不懂，但从说话的声音中能够听出有好几个人。

说话声之后，传来硬物摩擦的声音，就像有人在开关木抽屉一样。对话逐渐变得清晰。

（要在哪儿把那个女人……）

（在夜鸣的肚子里……）

（赎罪之牛的……）

（必须这么做……）

（满是……的那一天，或者……）

完全听不懂。就像是另一个世界的日语，关键的那几个词出了问题。

我听过类似的话，在误入如月车站前，那家居酒屋的店员在逐渐化为中间领域的一部分时，也说过这样的话。

隔壁的说话声渐渐变得微弱，听不见了。是陷入了沉默吗？还是在轻声交谈呢？我使劲把耳朵贴紧杯子。

就在这时，突然间，从墙壁对面传来了清清楚楚的声音。

她就是那个女人。

是那个女人。

纸越……

空鱼……

我触电般地从墙边弹开，一屁股跌坐在地。手里的杯子滚落在榻榻米上。

夜深人静，刚才的声音估计响彻了整栋公寓，但我没空去理睬。

刚才那句话，很明显是有人把嘴凑近墙边，字正腔圆地对着我说的。

"咚咚"……

传来了敲门声。

我回头看向玄关，厨房的灯光把大门映得惨白。

"咚咚"……

又是敲门声。

是谁？

这个点突然来敲门绝对没好事，要是有急事应该会直接喊吧。

也就是说，我不能去开门。

幸好扣了防盗链，正想着，门上的报纸投放口突然变得刺眼起来。糟糕，要是来人掀开那个往里看就完了。应该事先封好的。

我慎重地支起身子，保持着随时能站起来的蹲伏姿势，把手伸向放在床上的包，尽可能轻手轻脚地拿出马卡洛夫手枪。为了不惊动对方，我就这么观望着。

一动不动地等了十分钟左右，门外和103号房都没有动静。

突然，外面的走廊里传来了脚步声以及钥匙"咔嚓咔嚓"开锁的声音，某个房间的门打开又关上了。有人"咚咚"地走在榻榻米上，接着传来了电视机沉闷的声音，好像是101号房的住户回来了。

"呼……"

我终于长舒一口气，站起身。

从听到的声音判断，住在101号房的人没有特别慌乱的样子。不管刚才敲门的是什么，起码现在门外没有异常。

但我不想打开门去确认。

"那东西"叫了我的名字。

毫无疑问，103号房的住户和敲门者都是来自"里世界"的干涉。

"可恶啊！"

我咒骂着，发出深深的叹息。

都追到这里来了，追到家里来了。

见识过小樱家玄关前出现一个"门"和鸟子家连上"里世界"的情况，我已经有了心理准备，但真遇上了还是觉得讨厌。

我皱起眉头，盯着大门。

"还是先把送报纸的口子封上吧。"

我从洗碗池上方架子里拿出织物胶带,走到门口,把送报纸的口子贴上了。

关灯上床,坐在床上,后背靠着101号房那一侧的墙,我感到有些冷,又披上了被子。

我端着马卡洛夫手枪对准103号房的墙面,想了一会儿。

在一墙之隔的那边,现在是什么样?

如果我现在开枪,又会发生什么?

一般来说,会把警察招来吧……

最终我还是打消了这个想法,放下了枪。

在一片漆黑的房间里,我用右眼盯着那面墙看了许久,但终究还是什么也没看见。

3

"啊,是学姐!早上好!"

第二天中午,我正在学校食堂吸溜着月见山菜荞麦面,濑户茜理眼尖地发现了我,过来搭话了。

"早。"

我闷闷不乐地回了一句,她便理所当然地在对面坐了下来。

"我听小夏说了,你拜托她帮忙改造一台农用机械?"

"嗯。"

"要用来干什么？我猜是要在那个叫'里世界'的地方用吧？"

"你小声点。"

"啊，对不起！"

虽然我不愿让茜理知道"里世界"的存在，但连续遭遇了"猫咪忍者"和"猿拔女"事件并且一起经历了那么多稀奇古怪的事后，多多少少是要告诉她的。我和鸟子、小樱说话时也不免会泄露一些信息。但因为茜理没去过比中间领域更远的地方，所以她就把中间领域当成了"里世界"，并且以为我和鸟子以"专家"的身份在那边研究着什么……

我不想特意纠正她这些模棱两可的误解，毕竟也不想把多余的人带过去那边。所以对兴趣盎然的茜理，我一直以来都是冷漠相待。但这个学妹还是一如既往、不屈不挠地过来搭话。

正当我一边敷衍一边用筷子卷着荞麦面时，我突然发现她频频盯着我看。

"干吗？"

四目相对时，茜理突然越过桌子把身体探了过来。我不由得向后一缩，她紧盯着我说道："那个……学姐，你是不是有点憔悴？"

"是……是吗？"

"你的黑眼圈好重啊！有好好睡觉吗？"我摇了摇头，"完全没睡好。"

其实昨天晚上，直到天光大亮我也没能睡上一觉。早上五点拉开窗帘看到天色泛白时,紧张的神经才放松下来。我倒在床上,在早上第三、四节课之前总算是睡了几个小时,但这和普通熬夜不一样,一直拿着枪戒备着,体力的消耗非常大。出门时也是手忙脚乱,现在脸色肯定很差吧。

茜理听完我的回答,脸色一沉。

"学姐,这可不好。虽然你很忙的样子,但晚上还是要好好睡觉。"

"不用你说,要是能睡肯定会睡的啊……昨天来了个不速之客,不太方便。"

"欸,是G吗?"

G①?我疑惑了一秒,觉得有些好笑。在自己家遇到灵异现象,确实和遇到蟑螂很像。语言不通,也不知道对方会干些什么。就算那东西从自己眼前消失了,但不把它消灭也无法保证安全,必须时刻保持警惕。这么一想简直一模一样。

"不不不,不是虫子什么的。"

"欸,那……是什么可疑人物吗?跟踪狂?!"茜理兴致勃勃地接着问,"那个,如果有需要的话,我可以过去帮忙。我在练空手道。"

"你的好意我心领了。"

在我的认知里,现在最像个跟踪狂的就是纠缠不休的你了。

不,我反思了一下自己。

---

① 蟑螂(gokiburi)的首字母。

可能我对茜理确实太冷酷了。正如鸟子以前说的，仰慕我的学妹这世上只有茜理一个人，或许我应该把"里世界"的事先放一边，对她温和些。

或许是误解了我的沉默，茜理的神情愈发担心了。她突然冷静下来，缩回座位上说道："学姐，你真的没事吗？你要是不想说我就不深问了。那个，我家离这里挺近的，你要不要过来住？"

"欸？"她出人意料的话语让我大吃一惊，"去你家住？"

"就是普通的一居室，挺小的，如果你不介意的话……"

我受到了某种文化冲击。

原来，大家都会这么轻易地邀请别人到自己家里住吗？换作是我，根本不会想到这一茬。家就是自己的领地，我绝对不要让别人在家里住。

"学姐，你在听吗？"

"啊？嗯。"

"要来我家吗？"

我应该感谢她的邀请吧。

话虽如此，也不能草草答应。在别人家里放松不下来，茜理又是学妹。

我摇了摇头。

"我没事，谢谢你。"

"真的吗？可是……"

"不好意思,我差不多得走了。"

我站了起来,打算在下午第一、二节课之前去趟图书馆。走到收残处打算放下托盘时,茜理从后面冲我喊道:"学姐,我说真的,什么时候都可以来!要来就告诉我,不用客气!"

4

结束下午的课程,我出了校门。以前我还从这里出发去便利店打工呢,现在能靠"里世界"赚钱,也不用去打工了。这样一来虽然轻松了不少,但也有弊端,自己家不再是安心的港湾,在外面也没有消磨时间的地方。在家不能放松实在是难受,一晚上就让我筋疲力尽,看来昨晚发生的事给了我不小的打击。

现在要去"里世界"探险太晚了,而且听说鸟子这周很忙,毕竟翘了许多课,落下不少事情。哪怕是鸟子这种看上去无可挑剔的美女,也有吊儿郎当和马虎的地方,这让我莫名感到安心。一想到她可能正在欲哭无泪地赶报告,我不由得笑了。加油啊,鸟子!

不不不,别想鸟子了,重要的是接下来该怎么办。

回到公寓只有短短十分钟的路程,我的步履却很沉重。

好烦,不想回去。

不,准确地说是想回去,但旁边的房间好烦。

干脆先发制人攻过去吧?

要怎么做？拔出枪发起进攻？

"不不不……"

我自言自语地摇着头。

不可能的。不管隔壁住的是什么，就算能用右眼加马卡洛夫手枪解决，肯定也有人会听到枪声报警。

不能用枪的话，难道真的要让茜理过来吗？然后再用我的右眼让她发狂，变成空手道怪兽去战斗？

不管怎么说这也太没人性了，我还没冷血到那种程度。

要咨询DS研，让那边派人过来吗？比如Torchlight的接线员什么的？

算了吧，实在走投无路的时候我会这么做的，但我一点都不想。他们和DS研之间更偏向商务往来，不是我能因为私人事宜招之即来的勤杂工。而且说实话，在"里世界"这方面，没有比我和鸟子经验更丰富的"专家"了吧？

"哈，真是的，烦死了！"

我心情沉重，但这件事还是得自己解决。

独居的人在家里出现蟑螂时，也只能自己对付啊。

到了公寓，我胆战心惊地看向一楼走廊。

一个人也没有。

我站在自家房门前，瞪着103号房。

那个莫名其妙的东西，就在里面吗？

竟敢打搅别人休养生息，你现在就给我等着……

进了房间，我立马锁上房门，扣好防盗链，"咚咚咚"地走在榻榻米上，放好书包，双手抱胸紧盯着103号房那一侧的墙壁。

那么，接下来要怎么做呢？

昨天我因为干了偷听这种见不得人的事而落了下风。我一直认为所谓的"灵异现象"和怀有恶意的人类一样，当我们陷入被动，它就会乘胜追击。要想不被玩弄于股掌之间，就要主动出击才行。一味等着对方表态就正中人家下怀了，必须掌握主动权。

"但也用不了枪啊！"

开枪很危险，那不如试试更加稳健的方法，比如"壁咚"什么的，空手用力砸墙，不知道那边会有什么反应呢？

嗯，就这么干，当个讨人厌的邻居，真是越想越有趣。

"好……"

我慢慢举起手，用力砸向103号房的墙壁。

"梆！"

"哇！"

声音出人意料的大，把自己吓了一跳。

不行，现在不能退缩。我平复了心情，再次举起手。

"梆、梆、梆！"连敲了好几下。有点爽。大概整栋楼都听见了，不过现在是白天，就不要和我计较了吧，我可是很认真的。

手掌震得发麻，我不再敲击，竖起耳朵听着。

什么也听不见，打算装作不在家吗？

OK，那我就去敲你家门了。上次那三个大婶做过的事，这次就让我来做吧。

我的情绪异常高涨，转过身打算出门。

就在这时。

"叮咚"——

门铃响了。

我僵在原地。

"叮咚"——

门铃又响了，这次的声音拉得很长。

我从包里拔出马卡洛夫手枪。明知道不能开枪，但还是把它当作护身符拿着。

深呼吸，抬起头。

好。

怎么能被吓倒？这可是我家。

我下定决心，开始行动。蹑手蹑脚地穿过厨房，来到门口。

冷静想想，有可能一切都是我的误会。昨天103号房的确变成了中间领域的样子，但或许平时住的都是正常人呢。可能对方因为讨人厌的邻居突然"梆梆"砸墙生气了，过来抗议呢？咦？总觉得这种想法更靠谱一些。

嗯，刚才有点过于冲动了，冷静点吧。

我轻轻地把右眼凑近猫眼。

鱼眼镜头里,映出外面暮色西沉的光景。

在那里,站着一个高高的、红色的人。

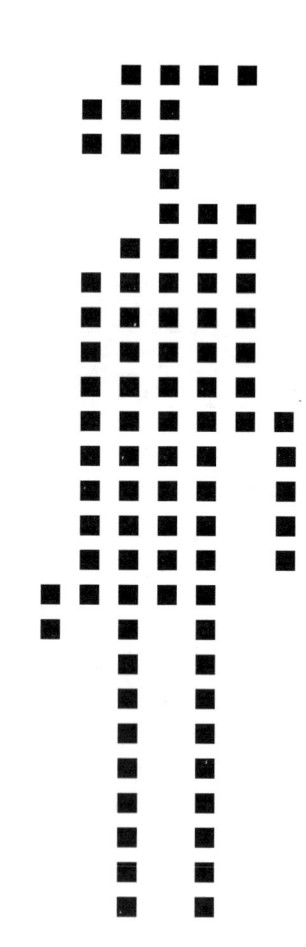

回过神时,我正靠着冰箱倒在厨房地上。

"欸?"

我眨巴着眼睛,坐起身来。头好痛。不是那种外力撞击的痛,而像是用眼过度之后,后脑勺"突突"的跳痛。

我摸了摸自己的脸,一片潮湿让我吓了一跳,还以为自己受伤了。原来那不是血,是眼泪。从右眼涌出的大量泪水让脸到脖子的地方变得黏糊糊的,还浸湿了衣服胸口处。

我看了看表,现在已经将近晚上六点。看来我昏迷了近一个小时。

这……不行,太不像话了!

不管隔壁是什么东西,一个人待着太危险了。

我小心地站起身,在洗碗池洗了把脸后抓起手机,从寥寥无几的联系人里选了一个打过去。

"……啊,那个,是茜理吗?不好意思突然打电话给你,那个……今天,你不是问我要不要过去住吗?嗯,嗯嗯。那句话,还算数不?"

5

"学姐!你来了,我好高兴!"

茜理站在门口迎接我,看上去真的很高兴,我松了口气。

她穿着T恤和条纹中裤,妆也卸了,是完全的居家模式。我接受了她的提议过来,这真的好吗?

"真的很不好意思。"

"没事没事！快请进。"

茜理住的是一楼，公寓离市川汽车维修厂很近，从我住的地方步行大概十五分钟就到。说起来她之前说过和夏妃是青梅竹马。

茜理邀请我进了房间，这里的布局和我的公寓一样，但看起来更新些。其中最明显的特征是门口摆放着的鞋子种类都是很小女生的风格。

"茜理你不是本地人吗？不在家里住？"

"原来是在家住的，后来父母因为工作原因搬家了，我就一个人留在这里。大学还是在本地上比较轻松，而且我想在小学就开始教我空手道的老师那里接着学。"

"你住在公寓一楼不觉得害怕吗？治安不太好什么的，虽然我的房间也是……"

"哎呀，真的，不要租一楼比较好。你看这里，都变成这样了。"

顺着茜理手指的方向看去，窗玻璃下方有无数细细的抓痕。

"那是……"

"猫咪忍者留下的痕迹，那时我真的觉得要是住二楼就好了。"

说起来，窗帘的花纹和窗边电视机的摆放位置都似曾相识。在猫咪忍者事件里，茜理发过来的视频有拍到过。

"啊，这个……是给你带的一点薄礼。"

"欸，怎么这么客气，不用的！谢谢你哦！"茜理接过超市购物袋大声说。

"不不不，并不是什么大不了的东西……"

实际上，的确不是什么贵重的东西，只是些瓶装茶和薯片之类的。我的社交常识告诉我，不能两手空空地过来，但我不知道要带什么好，最后只好在便利店买了些中规中矩的东西。但想想去小樱家时，茜理带的都是很正经的礼物，羊羹、铜锣烧等。她的社交能力明显比我强多了，我有些惭愧。带薯片算什么啊，我是去朋友家玩的小学生吗？是不是两手空空反而好些？

我正想着呢，茜理笑眯眯地说："总觉得好像上小学的时候一样，很好玩呢。"

呜……

我因为这句无心之语受到了巨大的打击。茜理让我坐下休息一会儿，自己去了厨房。我平复下心情，在矮桌前坐下了。这个桌子小小圆圆的，比我家的桌子更可爱。很快，她端来了茶和薯片。

"学姐请用。"

"啊，谢谢。费心了。"

因为是自己买的，我也没想太多，径自伸手拿过，"咔嚓咔嚓"地吃了起来。

"能问一下发生了什么吗？"这时茜理说道。

"没有，只是不想待在家里了。"

"是人际关系上遇到了什么问题？还是……"

茜理担心地询问，她的眼睛闪闪发光，大概很想知道是不是和我"专业"相关的原因吧。

好吧，偶尔也要给点回馈。毕竟茜理让我住下了，有恩于我。

"和你遇到猫咪忍者时候的情况差不多，我在想该怎么办。"

"果然！那让我来帮忙吧！我会踹飞那些东西的！"

果不其然，茜理情绪高涨起来。我举起手息事宁人地说："冷静点，你要是在我家大闹一场我会很难做。"

"欸，这样吗？可是……"

"我知道你很强，但万一用力过猛把墙砸个洞，房租押金就退不了了。你一激动就会控制不住自己，对吧？"

"欸？是这样的吗？"

算了，这其实是我的错，用右眼看了她……

茜理有些沮丧，我不知道要说些什么，环视了一下房间。房间里有床、小小的书架、桌子、彩色收纳盒。东西和我房间里的没什么区别，为什么氛围就差这么多呢？是化妆品比较多的缘故吗？

这时，我的肚子"咕咕"叫了起来。

"学姐，你吃饭了吗？"

说起来，从中午开始我就什么也没吃。

"还没……"

"那正好，我去做点什么吧。"

"欸！这多不好意思。"

"没有没有，没什么不好的，我也还没吃晚饭呢，刚刚才煮好饭。"

她都这么说了，我也不好拒绝，正当我犹豫之时，茜理已经从冰箱里拿出食材开始烹饪了。

这孩子自己做饭啊，真了不起……

空气里传来用平底锅炒蔬菜和肉的声音，伴着芝麻油的香味，一旦发现自己饿了，就会觉得越来越饿。正当我百无聊赖地等待时，茜理放在桌子上的手机响了。

"有你的电话。"

"能帮我看看是谁打来的吗？"

我站起来看向桌上的手机，发信人那一栏写着"市川夏妃"。

"是市川。"

"啊，那能帮我接一下吗？现在腾不开手。"

"欸？呃，可以是可以啦。"

我拿起茜理不停作响的手机，按下接听键。

"你好，濑户现在在忙，我替她接电话。"

"哈？谁啊？"

对面的声音充满了怀疑。倒也不用突然像要吵架一样吧？

"是我啦，纸越空鱼。"

"哈？纸越学姐？为什么接茜理的电话？"

"我现在在她家里打扰，今天要在这里住下。"

"啊？！"

"学姐,能帮我开个免提吗?"

我按茜理说的打开了免提,茜理停下做饭的手大声说:"小夏!学姐她现在过来玩!你要一起来吃饭吗?"

"我去!"

夏妃大叫一声挂断了电话。

"这是在做什么?"还没来得及多想,过了三分钟门铃就响了。因为在自己家有了前车之鉴,我一瞬间警惕起来,但茜理轻松地说了声"来了"就打开了门。

气喘吁吁的市川夏妃轻车熟路地脱掉凉鞋大步闯进了房间。

"为什么你会在茜理家啊?"

"你问我为什么……"

我还没来得及回答,茜理就插了一句。

"是我让她来的。"

"你?"

"没错。学姐现在遇到了一些麻烦,不能回家。所以我让她到我家来住。"

"……怎么回事啊,纸越学姐?"

"什么怎么回事,就是茜理说的那样。"

"……这样。"

夏妃"咚"的一声坐了下来。她穿的不是在工厂里的那件灰色工作服,而是一套运动衫,里面是一件醒目的红T恤。虽然染了红发,但发根已经长出黑色。夏妃一脸不情愿地抓着头发嘟嘟囔囔地说:"要住下来吗?"

"希望能让我住下。"

"这样啊。"

这家伙怎么回事?

茜理端着一盘蔬菜炒肉过来了,炉子上还煮着一锅味噌汤。

"小夏,过来搭把手。"

"嗯。"

夏妃听话地起身去橱柜里拿碟子。

"那个,学姐你得用一次性筷子了。"

"完全没问题。"

"都怪我,要是事先备好给客人用的碗筷就好了。"

桌子上摆放着主菜、副菜——从冰箱里拿出来的萝卜片、味噌汤和热腾腾的米饭,比我想的要丰盛许多。

我的碗筷和茜理、夏妃的碗筷形状不太一样,确实是凑合拿出来的,但饭菜的味道并未因此而逊色半分。

"茜理,你做饭很拿手嘛。"

"没有啦,就是炒炒而已。"

"但是很好吃哦,茜理。"

"哎呀,你们俩都这么夸,我都不好意思了。"

茜理有些不好意思,夏妃不知为何向我投来得意的眼神。

这是在做什么？

"啊，对了，我想问下市川改装 AP-1 要额外付钱的事。"

"嗯，怎么了？"

"我那时嘴快说了最多十万日元，这个费用具体是什么情况？我完全不懂市场行情。"

"啊，不用担心，我不是想多拿你的钱。因为之前没弄过农机，说实话还有需要摸索的地方，我感觉零件应该比普通车要便宜啦，不过如果要掏很多钱，我家里可能有点困难，就想知道你能出多少。"

"明白了。如果还有要花钱的地方你就跟我说，我会考虑的。"

"了解。那我能也问个问题吗？那台农机是要开到哪里的？不是公路吧？"

"嗯，是土路。可能坑坑洼洼或者很泥泞。"

"按土路的标准来做就行了，对吧？了解了。"

夏妃对"里世界"的了解比茜理更少，估计以为我要开着 AP-1 去什么山里、海边之类的吧。把我当成一个大怪人来看了啊。

我正想着，茜理却对我使了个别有深意的眼色。

她大概是想告诉我"'里世界'的事情我会保密的哟"，但不出所料，注意到茜理视线的夏妃瞪了我一眼。

"怎么了茜理，有什么事吗？"

"没有没有，什么也没有。"

"你骗人，刚刚明明就是想说什么嘛。"

"都说什么也没有了。"

我不想卷入她们的争吵里,故意大声拍了拍手。

"承蒙款待。"

"啊,粗茶淡饭,不成敬意!"

"碗筷怎么办?"

"放着就好了,学姐你是客人。"

"谢了。不好意思,其实还有一件事要麻烦你,能让我冲个澡吗?毛巾什么的我都带了。"

"好的!请用请用。"

我拿着装有洗漱用品的包逃进了盥洗室。和我住的公寓不同,茜理这边的是干湿分离式的。羡慕了,这绝对比整体卫浴舒服。

我三下五除二脱了衣服,开始淋浴。虽然是别人家的浴室,但能独处还是松了口气。看样子,夏妃因为好朋友亲近我而不太开心,这对我来说可太麻烦了。吵架也好,和好也罢,希望她们能在我离开期间解决。别扯上我,谢谢。

冲完澡,我套上睡觉时穿的 T 恤短裤回到房间时,矮桌已经收拾干净了,木地板上铺好了被子。茜理和夏妃盘腿坐在被子上,正其乐融融地聊着天。感觉她们靠得比刚才近,看来没吵架,和好了。

"谢谢你借我浴室,被子都帮我备好了,真是有劳你了。"

"没事,我看学姐你一副睡眠不足的样子,估计想早点睡吧。"

"欸?现在才十点啊。我要是睡地板上未免太碍手碍脚了。"

"啊，不是的，你睡床上吧。我和小夏睡这边。"

"欸，可以吗？"

"当然了！"

夏妃用"你有意见？"的目光抬头看着我。真的，这家伙到底怎么回事。

"啊，这样……那我就恭敬不如从命了。"

感觉场面变得有些复杂，我索性依言睡上了床。

床单似乎是新的，触感非常舒适。我钻进被子里背对着她们俩，虽然还开着灯，却眨眼间就进入了梦乡。

在梦中，耳边仍然萦绕着茜理和夏妃在后面窃窃私语的声音。

6

"……啊，小樱，那个，有件事想拜托你。欸？不是啦，不是钱的事情。都说不是了，你听我说。那个……今晚，能让我在你那儿睡一夜吗？"

7

"你……你好。"

难得到大门口来迎接我，小樱的脸色比平时还要差。

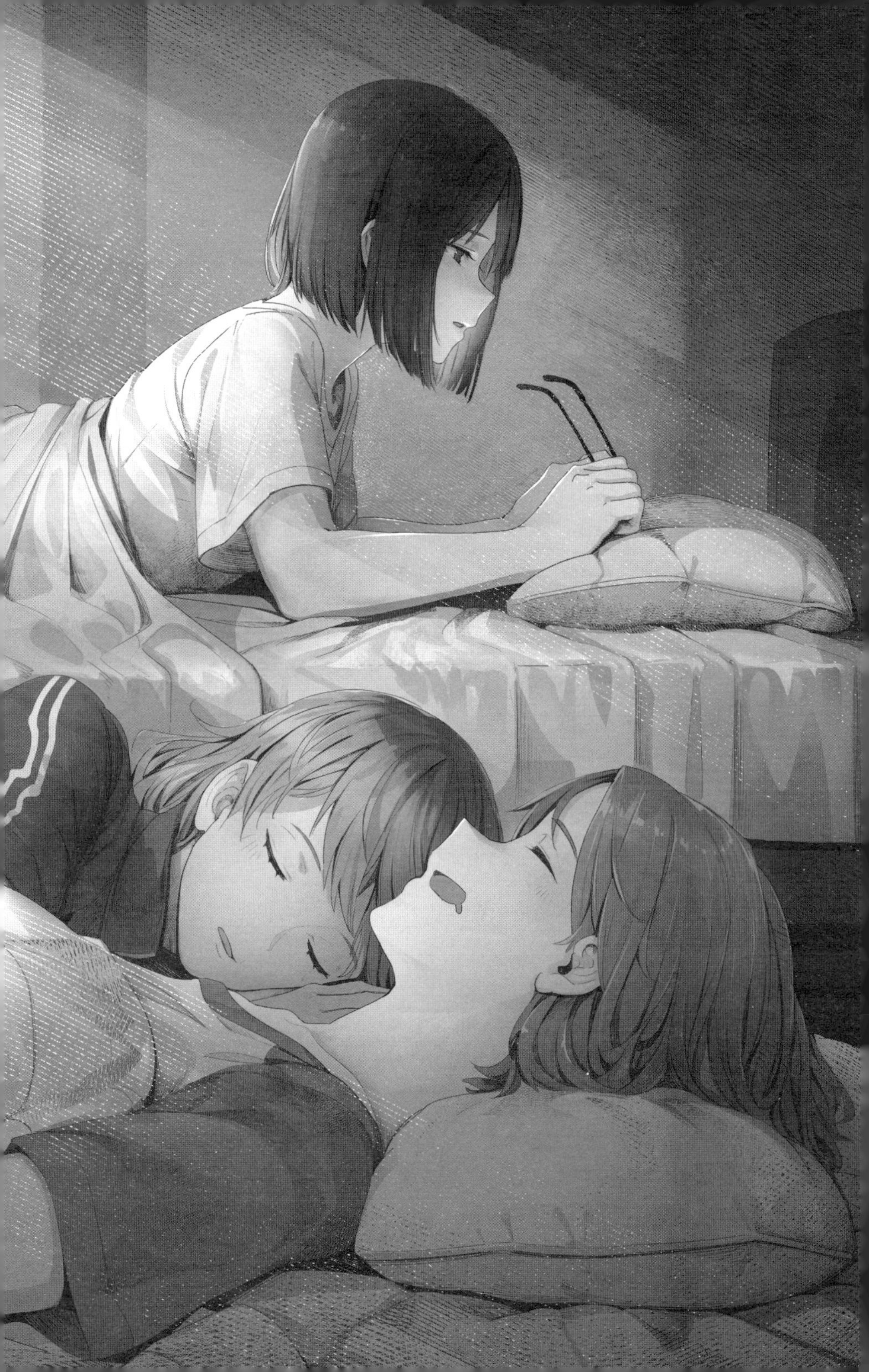

"我这可不是开民宿的。"

"不好意思,真的不好意思。"

"因为小空鱼你遇到了麻烦,我才特别允许你来住哦。"

"真的不好意思。"

我点头哈腰地跟着小樱进了房子。

"先说好,我可不会特意照顾你。"

"完全没问题,只需要给我地方睡觉洗澡就好了。"

我在茜理家住了一晚上就走了。茜理本人先不说,夏妃很明显对我十分戒备,实在没法赖着不走。那个地方只能说是既殷勤好客又让人如坐针毡。

而且我本来也不想在别人的一居室里连住好几天,把主人挤在一边。昨天因为睡眠不足的缘故立马就入睡了,但如果不是这样,应该会坐立不安睡不着吧。就这一点来说,小樱家里有好几个房间,拜托她让我住到事态平息为止,也不错嘛。记得之前小樱好像也说过自己一个人睡害怕,要我过去来着。

"可是,要让你睡哪儿呢?我卧室里只有一张床啊。"小樱不情愿地念叨着。

"啊,睡沙发什么的也完全没问题。"

"在沙发睡会压坏沙发的。"

"我在地上也能睡着。"

"你要是没意见也可以。"

晚饭吃了披萨，我请客。感觉比起带些不怎么样的礼品，像这样请客她会更开心。我的作战似乎达到了目的，大口吃着秋季限定的芝士爆浆四拼披萨时，小樱看上去心情相当不错。

这是我第一次踏进小樱家的餐厅，是餐厨一体式装修，里面摆着一张很大的原木桌和四把椅子。我们俩相对而坐，分享铺满热芝士的薄脆披萨，把手弄得脏兮兮的。

"没想到这里竟然也会有来客人的一天。"小樱感慨万千地自言自语。

这个餐厅设计十分时髦，却只放了台冰箱，冷冷清清的。墙角处堆着几个塞满空可乐瓶的垃圾袋。

"这么大……有点大过头了呢。"

"就是啊，这房子一个人住太大了。"

"欸？啊，不是说这个，我是说披萨太大了。点了两个L尺寸的，点太多了。"

小樱瞪了我一眼。

"讨厌的家伙。"

"为什么骂我啊？"

"烦死了，赶紧吃完睡觉。"

"现在都还不到九点！"

"小屁孩就要早点睡。"

"我已经是大学生了！而且我也多少要写写报告什么的……"

小樱惊讶地挑起眉毛。

"咦,原来你有好好在履行学生的职责啊。那就不用睡了。"

"我谢谢您。"

我气鼓鼓地道了个谢。

"怎么样啊?大学生。听说你们现在挺辛苦的。"

小樱边舔着沾了番茄酱的手指边轻飘飘地扔来一个问题。

"是挺辛苦的,家里有钱的人可以靠家里的资助过日子,其他人就得去打工才行。但课题的截止日期不等人啊。"

"小空鱼你也在打工?"

"以前在便利店什么的。现在不打工也能维持生活了,轻松了不少,这还是托你的福。"

"嗯。"

我打算拍拍马屁,小樱却露出了纠结的表情。

"算了……要是这样你就能集中精力学习,那也行吧。"

"但说实话,我有时都觉得现在退学也无所谓了。"

"啊?"

"我是因为对民俗学和人类学感兴趣才上的大学,现在能在'里世界'探险就无所谓了,把在那边拿到的东西卖出去也能赚钱生活。"

"你死了这条心吧。"

"欸?"

小樱强硬地打断了我半开玩笑的话,我有些疑惑。

她说话时的眼神比平时更凶。

"再这样下去，你对这边没有留恋，就真的回不来了。"

"不，那种事……"

"在危急时刻决定生死的，是你想要'活着回来'的信念。关系亲密的人或许会成为拉住你的锚，但你和鸟子一样，对'里世界'的执念很强烈。一旦舍弃了这个世界的生活，最终两个人只会一起消失。"小樱垂下眼睛继续说，她的声音听起来很痛苦，"要是我能成为你们俩的锚也就罢了，但我知道不行。所以，起码你要对日常生活上心些。"

"……"

小樱抬起头恶狠狠地瞪着我。

"听懂了吗？"

"听……听懂了。"

"那就好。"

听到我小声回答，小樱一脸不爽地咬了口披萨。

第一次被小樱这样斥责，我十分震惊。

不过也是……我可不想危急时刻的生还率下降。

"我会好好去上课的。"

"赶紧去。"

"尽量。"

"你给我好好上课，好好生活。"

我不解地环顾着这个煞风景的餐厅。小樱自己这么说，可她明明也没有好好生活……

但什么话该说，什么话不该说我还是知道的。

吃完晚饭，小樱宅在房间里，我则早早借了浴室洗澡。她家的浴室贴着复古风瓷砖，还残留着些二十世纪七十年代落成时的韵味。被邪教袭击留下的痕迹已经清理得一干二净，水龙头和莲蓬头是最近的新款，在这样复古的氛围中，只有这些崭新的部件和洗发水的商标显得格格不入。

久违地泡在浴缸里，我望着天花板，上面还留有泥瓦匠用抹子抹出的波浪线。虽然我喜欢独处，但一个人待在这么大的房子里，可能的确有些太大了。明明还有二楼，但那边好像基本被当成储藏室来用。

洗完澡之后我坐在餐厅里，拿出带来的笔记本电脑做课题，这时小樱出现了。

"小空鱼，你差不多要睡了？"

"啊，差不多了。我再坐会儿。"

"你睡卧室吧。"

"欸？可是……"

"我要工作到早上，等你出去了再换我进来睡。"

"这样吗？那我就过去了。"

"嗯，可不要尿床。"

"你当我是啥？"

小樱的床很大，大概是 Queen Size。从床这边连打两个滚到那边都不会掉下去。自从在石垣岛住度假酒店以来,我就没睡过这么大的床。床单没换,上面还有小樱的味道。

之后我又用手机看了会儿视频放松,周围很安静,困意很快袭来,还没到十二点我就睡着了。

醒来时,我发现自己侧躺着,后背异常温暖。扭过脖子去看时,只见小樱贴在我身上睡得正香。

哎?

这幅出人意料的景象让我僵住了。

这人在干吗?

"那个……小樱?"

"啊!"

我出声叫她,小樱猛地坐起来朝四下张望。

"怎……怎么了?"我小心翼翼地询问道,她"唰"地转过头来。

"小空鱼你啊!"

"什……什么?"

"求你了!能别往我家带乱七八糟的东西吗?"

"啊?"

吓得要死的小樱表示,在我睡着之后发生了不少事。

据她说,她工作到深夜时,听见房子周围有"欷欷"走动的脚步声,玄关前的红外感应灯也亮了好几次,但透过监控看时一个人也没有。小樱鼓起勇气去看大门有没有锁好时,轮到房子开始"嘎吱嘎吱"响了。还从空置的二楼传来窃窃私语的声音。

到了这个地步,小樱也察觉到对方似乎不是人类。她吓得肝胆俱裂,不敢一个人待着,逃到我睡的床上,瑟瑟发抖间失去了意识……

"这绝对是你的错吧!我进来的时候也睡得跟死猪一样!竟敢一个人轻轻松松地睡大觉!"

"没……没事啦,已经天亮了。"

"昨晚可不是没事!"

"冷……冷静点……"

"谁冷静得下来啊,你这个笨蛋!"

"……咦?你有没有听见什么声音?"

"别想扯开话题!"

"不是,我没骗你。"

这时,卧室房门突然开了。

"噫!"

小樱尖叫一声扑向了我。

我愕然看向门口……鸟子站在那里,目瞪口呆地看着床上的小樱抱着我。

"你们俩在干吗?"

我松了口气,浑身一软。

"鸟子啊……吓死我了。"

"欸?鸟子?"

小樱精疲力竭地从我身上离开，瘫在床上。

"别……别吓我啊，你这混蛋……"

"我说，你们在干吗？"

"没干吗啊。说起来我这次确定自己锁上门了，你这家伙怎么进来的啊？"

"我有钥匙。"

"为什么会有啊？！"

"鸟子，为什么大清早来小樱家？"我插嘴问道。

"茜理跟我说了。"

"欸？"

"你住的地方出了点问题对吧，前天在茜理家住，昨天在小樱家住的……我听说了。"

我很少听见鸟子用这么平淡的语气说话。

"这……这样啊。"

"我问你，为什么只瞒着我一个人呢？"她声音低沉地说。

看来鸟子现在非常生气。

8

"对不起嘛……"

"……"

"鸟子你自己不也说了这周很忙嘛,我想着不要打扰你。"

"……"

"我不是有意要瞒着你的。"

"……"

在摇摇晃晃的电车上,鸟子一言不发。现在是早上十点,虽说早高峰已经过了,但西武池袋线的快速列车上还是人满为患。我们俩被挤到了门边上。为了不吵到周围的人,我尽量放轻了声音。斜上方垂挂着秩父长瀞三天两晚温泉旅行的广告牌,鸟子一动不动地盯着它,对我的话置若罔闻。

这家伙真是不好搞……

鸟子造访后,被无辜连累的小樱火冒三丈地把我们赶出了房子,我们在石神井公园坐上了电车,气氛十分尴尬。我换的是埼京线,鸟子换山手线,和平常一样,我们要一起坐到池袋站。第一次见到鸟子这么生气,我一时也不知该如何是好。

像鸟子这样的美女,光是露出不悦的神情就很有压迫感,连已经看惯了的我也觉得恐怖。不对,不是这样的,才没看惯。美女的一举一动都美如画,叫人移不开目光。

抛下鸟子单打独斗确实不太好……可她就因为这个理由,大早上的冲到别人家里吗?

"我这边也很惨啊,隔壁房间奇奇怪怪的,变得有点像'里世界'或者中间领域一样。"

我嘟囔了一句，鸟子终于转过头来。

"那你不是更应该马上来找我商量吗？如果是'门'，说不定靠我这只手就能轻松解决，在'牧场'开开关关了那么多次，我不信你想不到这一点。"

"你说的也没错啦，不过在找你商量之前，茜理就让我过去住了嘛……"

"因为被茜理抢先，所以就不能找我商量？这合理吗？"

鸟子飞快地说道，我慌了神。

"不……不是这样的，所以说，我以为你很忙……"

她用冰冷的眼神看着我没说话。

好……好恐怖。

好恐怖，但是，我也不能输！

我燃起了好胜心，拼上浑身气力看向鸟子的眼睛。

但就在这时，鸟子突然"唰"地转过脸，把视线投向了窗外。

"以前你什么都会跟我说的。"

这句话听上去非常悲切，我刚刚燃起的胜负欲突然烟消云散，不知该怎么办才好了。

没向鸟子求助大概并不是有什么深层原因，我只是需要点时间平复自己的心情罢了。

从饭能的"牧场"穿过"门"回来时，我们在"牛棚"里遇到了奇怪的生物。

长着人脸的牛，抑或是长着牛脸的人——"件"。

有着我死去父亲的脸。

有着我已故祖母的声音。

只是如此，就让我崩溃了。在怪物消失后，好长一段时间我都没能开口说话。

曾经的亲人们迷信古怪的宗教，不惜把所有都砸了进去，最后死在了深山老林里。而自己抛在过去的事物突然出现在眼前带来的冲击，和遭遇"里世界"怪物的感受截然不同。

"里世界"的某种存在对我们进行个体识别，设法寻找我们的情况以前也发生过。但这次的事件侵入我最私密的领域。

明明我已经快要忘却这些死去的人了。

在那之后，鸟子非常担心，也问了许多，但我没能回答。就算要加以说明，也说不出个所以然来。毕竟，谈论已故的亲人也无济于事。所以我用"个人私事"搪塞了过去，但鸟子似乎不太相信，我们都有些别扭。

鸟子在这个时候忙起来，对我而言真是件好事。我需要一点独处的时间，来平复遭遇这件事之后变得紊乱的心绪。

但最终，心情也没平复好。见不到鸟子那段时间，我只是努力不去想那些讨厌的事而已。

电车快到终点站池袋了，速度逐渐缓慢。人潮被惯性推搡着，我倒在了鸟子身上。

"抱歉。"

我有些尴尬地抬起头,却发现鸟子正注视着我,一脸忧虑难解的神情。我有些惊讶。

"空鱼,那个……"

"欸?"

"你要是不想待在家里……"

说着说着,她的视线飘到一旁,话只说了半截就闭上嘴,又伸出舌头舔了舔嘴唇。

"啊,你现在去不了茜理那里,也去不了小樱那里,你要是没地方去了,那个……"

鸟子似乎有什么难以启齿的话要说,这时我突然明白了。

要是没地方去了,要不要来我家,她正犹豫着要不要说这句话。

小樱曾说过我和鸟子很相似,不想让别人来自己家里的心情,想必也是一样的。意识到这一点让我感到愧疚,我不想让鸟子这样勉强自己。

我打断了她的话。

"没事,我可以回去的。"

"欸,可是……"

"别担心,谢谢你。"

鸟子还有些欲言又止,于是我半开玩笑地说:"那不如你过来我家住呗?说笑的。"

"我要去。"

"欸?"

她像是就等着我说这句话一般,我愕然地眨眨眼睛。鸟子坚决地重复了一遍,就像在宣誓。

"我要去,我去你家住。"

"欸……"

我还沉浸在震惊中,电车已经靠站停下了。另一侧的门打开,人潮纷纷涌出,得到解放的我往后退了一步。

鸟子站在原地一动不动地盯着我,重复了一遍。

"我要去。"

"嗯……好。"

我被她的气势压倒,不自觉地点了点头。身旁传来金属摩擦的嘎吱声,这边的门也打开了。

9

这不是我第一次带着鸟子在离公寓最近的车站下车。猿拔女事件时去往夏妃家那次也和今天一样,从埼京线南与野站换乘巴士。但那天回来时,我只把鸟子送到了车站前,吃了饭之后就解散了,我们都没提过要去公寓坐坐什么的。

今天我们径直经过了市川汽车维修厂附近的公交站,向更前方前进。公交车的座位很窄，鸟子一脸理所当然地坐在我旁边。总觉得不对劲。

离公寓越来越近，我开始紧张起来。

"你要住下来也不是不可以……换洗衣服怎么办？"

"我带了。"

"一直都放在包里啊，空鱼你不也一样吗？"

"啊，原来如此……"

因为不知道什么时候就会突然进入"里世界"，我们平时身上都带着几件换洗衣物。再有条毛巾的话，凑合凑合也能过一夜了。昨天和前天我在茜理和小樱家过夜时，是把洗漱用具装在小手提包里带过去的，所以东西比平时多了点。

我们在大学附近的公交站下了车，沿着住宅区走了一会儿。果然很不对劲。和鸟子并肩走在熟悉的路上，实在是太不可思议了。

鸟子不怎么说话，似乎在边走边观察着四周，每次走过拐角都会回头看。这举动和在"里世界"探索新地区时一样，她正在认路。

拐过最后一个弯，我们在公寓前停下了脚步。公寓沐浴在晨光下，看上去很新奇。再加上现在和鸟子站在一起，让我有种脱离了日常的飘飘然的感觉。

"到了？"

"嗯。"

"你的房间在哪儿？"

"102号房。"

"有问题的房间是哪个?"

"里面那个,103号房。"

鸟子点点头,把手伸进了包里。

"慢着慢着,你可不要突然开枪。我会被赶出去的。"

"我知道,只是以防万一。"

"以防万一啊。"

到了走廊,走到我住的房间门口。鸟子紧紧地盯着103号房的房门。

"总之……先进我房间里,可以吗?"

"明白了。"

我打开锁,正要开门,鸟子却慌忙制止了我。

"等等,你怎么这么不小心!"

"哎?"

"可能有什么埋伏在屋子里。"

"我……我觉得应该没事吧。"

"敌人已经到隔壁房间来了,你也不担心?"

"……你说得对。"

这么一说确是如此。希望自己家是安全的——这一想法太过强烈,可能已经让我失去了冷静的判断。

但如果里面真的有什么的话,又该怎么办呢?如果没有了安全的归宿,我不知该何去何从……

我陷入了沉默，鸟子忧心忡忡地望着我。

"没事吧？我替你看看房间里的情况？"

犹豫了一刹那后，我点点头。反正鸟子已经要进我家了。

"那你去帮我看看？"

"OK，你帮我把风。"

"OK."

鸟子眯起眼睛，从包里抽出马卡洛夫手枪，把它端在胸前。

"喂，等一下。"

"以防万一。"

"真的拜托你别开枪。"

"嗯，开门吧。"

我拧动门把，把门敞开。

鸟子从门口向内看一眼又迅速缩了回去，把枪举在胸前，再次踏进室内。

门外的光线照亮了厨房地板，里面的房间拉着窗帘，显得有些昏暗。

鸟子穿着鞋直接走进了厨房。

"欸……"

我还在手足无措时，她已经打开一体卫浴的灯，推开门往里看了。然后又径直走到里面拉开窗帘，窗外的光线让室内变得明亮起来。

鸟子从我的视线中消失了，旋即传来接二连三推开衣柜拉门的声音。哇哦,检查得很严格嘛,鸟子。我这里大概没有不能见人的东西吧……

鸟子折了回来,把枪塞回了包里。

"检查完毕,抱歉刚刚没脱鞋。"

"没事,没关系的。"

我们俩脱掉鞋,再度走进房间。我用在百元店里买的成套小扫帚和簸箕把鞋子上的土扫到外面。关上门回去时,只见鸟子正站在房间中央,看上去有点茫然。

"怎么了?"

"……这个,好强啊!"

她的视线落在我的书架上。上面除了几本大学的教科书和三丽鸥[①]角色杂志之外,从上到下几乎都塞满了关于实话怪谈的书。Media Factory、角川 Horror 文库、山与溪谷社……从知名作品到我千辛万苦在旧书店找到的小众书籍,应有尽有。里面占比最大的是竹书房 Horror 文库出版的作品,书脊是白色。因为有好几百本,而且标题里都有"怖""咒""怪""祟""葬""奇"等骇人的字样,这些书密密麻麻地摆在一起看上去非常诡异。

"你睡在这书架旁边,晚上不会做噩梦吗?"

"不会,习惯了。"

---

① 三丽鸥公司成立于1960年,是全球著名的造型人物品牌发行商。

"我之前一直很期待，想看看空鱼的书架上会有什么样的书呢……"

"如你所料？"

"完全超出我的想象呢。"

鸟子略有疑虑地看着我的脸。

"怎么了？"

"现在才问可能有点晚了，你不讨厌别人进自己的房间吗？"

那你问得可真有点晚了，虽然这么想我还是答道："我也考虑了许多……不过，如果是鸟子的话就可以。"

"是我的话？"

"换作别人，我是绝对不会让他进的。"

"为什么？不想被看到这个书架？"

你这人可真是哪壶不开提哪壶啊？

"不是这个问题好吧。我希望这里是只属于我的，能让我安心的地方。我不想在自己家里还要顾虑着别人。"

"意思是我在没关系吗？"

"可以忍受。"

鸟子有些无奈地"嘿嘿"一笑。

"真不知道该怎么理解你这句话。"

"这对我来说可是相当高的评价了。"

"那我就高兴高兴吧。"

我把还背在肩上的手提包丢在床上。

"鸟子你也把东西放下吧。"

"嗯。"

接下来——

我们同时看向了103号房那侧的墙壁。

"你觉得该怎么办?"

听我这么问,鸟子从包里取出了枪。

"我都说了。"

"我知道,不要用枪对吧。"

"不要用枪。"

"但我们得去旁边的房间吧,你不是那种会坐等对面过来的性格。"

知我者莫若鸟子。

我确实是想主动到103号房间那边去。想要打开那边的门冲进去,在那边大闹一场。

"虽然……现在还不知道能不能打开呢。"

"也是,要是进不去的话……就先出门吃午饭吧,现在也还早。"

"OK,那我们走吧。"

10

叮咚——

叮咚——

叮叮叮叮叮咚叮咚叮咚——

按了无数次门铃，103号房里始终没有反应。

"鸟子，你要是按的声音太大了，其他房客会出来的。"

"欸，其他房间听得到吗？"

"如你所见这是个破公寓嘛。"

鸟子垂下手，握住门把手。戴着手套的那只手慢慢地转了一圈。

"没锁。"

她停下动作，回头看我。

我点点头，鸟子才谨慎地拉开了门。

"呜……"

我们同时脱口而出一声低呼。

从门缝里飘来一股浓烈的恶臭。

"这是啥……有人死了？"

"不对，这不是腐烂的臭味。"

我闻过这股味道，就在不久前。

我马上记起来了。

"……是'牧场'。"

粪尿混杂着油垢的味道扑鼻而来，是野兽的臭味。

在"牧场"的"牛棚"中也闻到过这个气味。

门大敞着。外面的光线照进昏暗的室内，能看见角落里的灰尘和蜘蛛网。

"有人在吗？"

鸟子朝里面喊道，没有反应。实际上这里看上去就是间空房。厨房里别说餐具，就连煤气灶都没有。空荡荡的屋子里只有一股野兽留下的臭味。隔开厨房和里间的磨砂玻璃门紧闭，对面也是暗的。

我发现鸟子正担忧地看着我。

"空鱼，没事吧？"

"……什么？"

"你的脸色很差。"

我晃着脑袋，试图把这股味道唤醒的关于"件"和牛女的记忆从脑子里赶出去。

"空鱼？"

"没……没事，只是被熏到了。"

"真的？"

"嗯，进去吧。"

目前右眼还没看到可疑的东西。

我催着鸟子进了103号房。

这次我毫不犹豫地穿着鞋子走了进去，轻轻打开卫浴的门，试着按了下电灯开关，但可能没通电，灯没有亮。我用随身携带的手电筒照去，只见浴缸里放着好几块薄薄的金属板，上面钉着密密麻麻的螺丝钉，酷似103号房房客开门时，我瞥见的扁平手腕。

出了浴室，我把手搁在那扇玻璃门上，向鸟子使了个眼色后打开门。接着我差点尖叫出声。

鸟子似乎也看到了，倒吸了一口凉气。

昏暗的房间正中，坐着一个人。那人背朝着我们，垂下一头如瀑的长发。

"是……是谁？！"

我脱口问道。但冷静想想不管是谁，非法入侵别人家的其实是我们。

人影坐着没动。我用手电筒照着凝视了一会儿，才发现异样。

"空鱼，退后。"

鸟子想挡到我身前，我举起手制止了她。

"鸟子，那不是人。"

"欸？"

"只是头发而已。"

我们把它看成坐着的人了。那只是一根竖着的木棍，上面挂着顶假发一样的东西。

假发前放着一个老旧的梳妆台，房间里只有这两样东西。

"啊，这是！"

我立马反应过来。

这个道具，我在被称作《潘多拉》或《禁后》的网络怪谈中读到过。《潘多拉》是一个恐怖体验谈，讲述了一群小孩潜入乡下空房后的遭遇。打开空房里的梳妆台抽屉，看到里面东西的人会发疯，再也无法恢复正常。据说是因为某个家族代代相传的特殊仪式，以指甲、牙齿和头发为媒介进行，受到仪式诅咒后不仅这个家族，就连周边居民也被殃及。

"禁后"传说是头发的主人，这名字的读音非常特殊，秘不示人。

"鸟子，不要打开抽屉。绝对会完蛋。"

"明白。"

我用右眼看向梳妆台。镜子上盖着层布，下面隐隐透出银色的磷光。

"果然是它。"

我小心地掀起那块布，淡淡的磷光照亮了四周。露出的镜面是一个"门"。这个尺寸人过不去，宛如一面能窥看"里世界"的窗户。

我看向镜中，把注意力集中到右眼，自己的影像变淡了，"门"对面的景象逐渐清晰起来。

是一座房子。道路两侧是无穷无尽的田野，在那里孤零零地伫立着一幢古老的两层楼房。

我绕着房子看了一圈，却没找到大门。

一楼的窗玻璃已经稀碎，可以从窗口钻进去。里面是一个没有任何家具的大房间，我又走到了昏暗的走廊里。右边是上楼的楼梯。我看向左边，走廊里放着一个梳妆台，前面坐着个女人。她背向我，双手掩面。女人一边不停地发出呜咽，一边抓着大把的黑发往嘴里塞。

梳妆台前方走廊里站着好几名小孩，他们默默注视着这个女人。小孩都背着双肩包，一副要去郊游的打扮。

这时，传来一股野兽的恶臭。我回过头，看见一个正要上楼梯的背影。我追着那个背影上了二楼，有两扇门，其中一扇开着。房间里又有一个梳妆台。梳妆台旁站着个红色的人，很高，头顶几乎要碰到天花板。

红色的人指了指梳妆台，镜子下方是三层的抽屉。

我拉开第一层抽屉，里面放着一张纸——上面写着我不会念的字样。

我拉开第二层抽屉，里面放着一张纸——

红色的人注视着我。

满怀慈爱，满怀耐心。

就像母亲一般。

我知道纸上写着的，是一个人名。

是女性的名字。

拉开第三层抽屉，就能知道它的读音了。

因为那个抽屉里，也有一张纸。

上面写着的，是那个秘不示人的名字的读音。

那个禁忌的名字的读音。

真正的名字，那是——我的名字。

被赋予这个名字的女人，她的灵魂将离开此世，前往永远的乐园。

你看，抬起头，就能看见那些和你一样知道了"真名"的女人们，正在看着你。温和地，幸福地，微笑着，不约而同地大张着嘴，再次发出赎罪之牛那意味不明的叫声。

"空鱼！"

眼前的光景突然变得扭曲，像废纸一样挤成一团。

鸟子的左手猛然抓住镜子表面的"门"，把它撕得粉碎。银色的磷光四散开去，透明的五指抓住的不只是"门"，甚至把镜子也打破了。玻璃在紧握的拳头中裂开，粉碎，发出水花迸溅的声音。

"空鱼！你还好吗？还认得我吗？"

鸟子摇晃着我的肩膀，脸色十分难看。我呆呆地坐着看向她。

"什……"

我说不出话来，我清了清嗓子，喉咙干涩难耐，就像大张着嘴叫了很久一样。

"什么？怎么了？"

总算能出声询问了，鸟子看上去几乎要当场瘫软在地。

"哈……"

"啥？怎么了？到底？"

从鸟子的样子来看，似乎发生了相当恐怖的事。但我试图回忆时，记忆里"门"那边的景象却像梦境般逐渐变得模糊，什么也想不起来。

"空鱼你看了镜子之后就不动了，像是看见了什么非常……非常不好的东西，所以我……"

鸟子摊开手，镜子的碎片掉在地上，发出清脆的声响。

"我把镜子砸碎了……没事吧？"

听了她的话，我才意识到房间里的氛围变了。野兽特有的臭味已经消失得无影无踪，原来放着梳妆台的地方现在是堆成山的废弃木材和镜子碎片。

我一边用右眼环视着室内一边回答道："应该已经没事了。"

"也就是说……解决了？这个房间清扫完毕了？"

我点点头。

"大概，这里的'门'已经被完全破坏掉了。"

恐怕是因为鸟子破坏了打开"门"的媒介吧。如果润巳露娜麾下的邪教组织在"牧场"的所作所为是为了布置怪谈相关道具，从而手动打开通往"里世界"的"门"，那么自然也能通过破坏媒介来毁掉"门"。

"太好了！"鸟子如释重负地说。

看到她左手上的红色血珠，我瞪大了眼睛。

"鸟子，血！"

"哦哦。"

鸟子方才后知后觉地低头看向透明的左手。

被镜子的碎片割伤了。

是为了救我。

大脑还没来得及思考，我就抓住了她的手。

透明的皮肤上，鲜红的血珠微微颤动着。

"你的血好红啊!"

"幸好血不是透明的,要不流血了都发现不了。"鸟子平静地回答。

她轻轻抽出被我抓住的手,放到唇边。我有些呆愣,看着她吮吸掌心鲜血的动作。

"能站起来吗?"鸟子垂下手有些不好意思地说道。

我如梦初醒,终于站起身来。

"伤口痛不痛?深不深?"

"没什么大事,一点小割伤。"

"回去清洗一下吧,可能有玻璃碎片留在里面。"

说着我回过头,却发现门外的光线有些异样,不由得停下了动作。

这明显是傍晚微黄的光线。

"鸟子,我们在这里待了几个小时?"

"欸?你说几个小时,应该不到十分钟……"

鸟子似乎也发现了不对劲,话尾变得含糊。

出了 103 号房,毫无疑问已经是黄昏时分。时钟上显示的是下午五点,明明进去的时候还是中午。

难以解释的现象让我们面面相觑,这时我的肚子叫了起来。

一阵沉默之后,鸟子轻声说:"没来得及吃午饭。"

"已经晚上了。"

"我们去吃点东西吧?我现在想喝一杯。"

"附近没什么店的。"

"那……我们出去买点东西,回来喝?"

竟然说在家喝……鸟子开创了庆功宴新形式啊。

"去普通超市可以吗?"

"当然没问题啦。"

秋天的白昼很短。鸟子清洗了手上的伤口,贴好创可贴出门时,天色已经暗了下来。

住宅区的街灯相继亮起,我们俩一起走向超市。与此同时,我突然开始纠结一件事。

之前在那霸的"纽约风"西式民宿和石垣岛的度假酒店时,我也曾跟鸟子睡在同一个屋里。让鸟子住自己家里时,我突然想到了鸟子之前的睡衣。在度假酒店时穿的是备好的浴袍,但最开始住西式民宿时,鸟子可是光溜溜的。我清楚地记得当时她还大放厥词,说什么"有裸睡的心情,所以就裸睡了"。

然后,我家可没有什么浴袍之类的。

虽然鸟子说带了换洗衣物,但多半是第二天要穿的衣服而不是睡衣。

"怎么了?"

见我陷入沉默,鸟子担忧地盯着我。

我沉默地回望着她。"你今天打算脱了衣服睡觉吗?"这让我怎么问得出口?

Otherside Picnic

档案14
招徕温泉

1

"明天能过来一趟吗？我有话和你说。"

接到小樱的电话是在深秋，十一月中旬。这是小樱第一次主动打电话给我，很稀奇，让我十分疑惑。

"怎么了？突然这么一本正经。"

"哎呀，也没什么大事。"

"电话里不能说吗？"

"必须见面说。"

"咦？有点恐怖啊。"

"少啰唆，不要叽叽歪歪的，赶紧过来。"

小樱丢下这句话就挂了。我疑惑了一会儿，给鸟子打了电话。

"小樱这么说了，你觉得她什么意思？"

"嗯？什么意思呢？"

"小樱之前跟你说过什么吗？"

"没有没有。"

"完全没有头绪，总觉得会被骂啊。"

"不知道，说不定要给你点什么。"

"怎么可能？"

综上所述，我和鸟子在第二天傍晚下课后会合，前往小樱家里。

看到我们俩，小樱皱起了眉头。

"你们特意结伴过来的？"

"因为不知道你要说什么，有点害怕……"

"不能结伴来吗？"

小樱用无语的眼神看着草木皆兵的我。

"不是跟你说没什么大事吗？这个，拿去。"

她说着递给我一个信封。一瞬间我还以为是钱，但摸上去扁扁的。

"这是什么？能打开看吗？"

"赶紧打开。"

我和鸟子紧紧盯着那张从信封里拿出的纸。

上面写着"全国温泉旅行双人住宿券"。

"给你们。"

"欸？"

我们不明所以地看着她，小樱装模作样地低下头客气了一下。

"不用谢。"

"谢……谢谢你？"

我再次看向手里的住宿券。

"那个……这是什么？"

"小空鱼,你终于病得连字也看不懂了吗?"

"看是看得懂,但是为什么要给我们这个?"

"收到了股东福利,但我一个人也没地儿用,你们刚好两个人。"

"真的吗?太谢谢你了!"鸟子像小孩子一样大叫一声,搂住了我的肩膀,"太好啦,空鱼。"

"嗯嗯。"

我依然疑惑地看着住宿券。

"温泉旅行?"

说出这个词时,我还是感觉很不真实。自己完全不是那种会去温泉旅行的人。

而且是和鸟子两个人……

"小樱,这个券在哪里都能用吗?"对我的想法一无所知的鸟子问道。

"我怎么知道,自己查去。上面应该有门店名单吧。"

"我看看,真的有哎。空鱼你来决定去哪儿吧。"

"啊,嗯……"

"还要买泳衣呢。"

"泳衣?为什么?"我问道。

"啊?去泡温泉当然要穿泳衣啊。"鸟子一脸理所当然地回道。

"呃,大部分都是裸泡的吧。"

"欸?真的吗?"

仔细追问下，才知道鸟子是把温泉想成了之前去过的加拿大旅游景点。加拿大的温泉基本都是大型温水泳池，要穿泳衣和沙滩凉鞋进去，也不区分男女。

而日本的温泉则不一样，是真正意义上的一群人一起泡澡。听了这话，鸟子突然慌乱起来。

"原……原来如此，真的是泡澡啊……"

"欸？你真不知道？"

"听是听过，但我以为那只是一小部分特例……"

我和小樱对视了一眼。

"算了，那个……你要是不喜欢和别人一起泡澡就不要勉强吧。"说完我自己也觉得有些奇怪，明明我也不喜欢和别人一起泡澡的。

"日本也有穿着泳衣泡的汤池吧，选那些怎么样？"小樱说。

鸟子一脸大义赴死的表情，随后摇了摇头。

"……我去。"

"没事吧你，眼神发直啊。"

"没事，我要去。"

她"唰"地抬起头，对我微微一笑。

"空鱼，我们一起泡温泉吧！"

"好……好的。"

举止诡异的鸟子让我有点害怕。

这孩子怎么了？虽然这么说不太好，但迟钝如我都发现不对，说明已经很严重了。

"那就好。之后就随你们便吧,一路顺风。"

"啊,好的。"

"特产带点甜食就行。"小樱看也不看我们一眼说道。

鸟子已经转身准备离开,但我依然一动不动地站在原地。

"空鱼,怎么了?"

我下定决心开口说道:"那个……小樱。"

"嗯?"

"不介意的话,你要不要和我们一起去?我们三个人一起去泡温泉……"

2

"啊?!"

小樱大惊失色,鸟子也目瞪口呆。两人惊愕地看着我,我不由得有些踌躇。

"小空鱼你在说啥?"

"呃,不行吗?"

"当然不行,而且我不是让你们俩去吗?为什么突然把我扯进来?"

"就……最近不是老受你照顾嘛。"

"你有这份心就行了。"

"所以说,我总是单方面拿你东西不太好意思。"

"别客气,说起来更早的时候,我倒是希望你能客气点儿。"

小樱疯狂想要搪塞过去,我没有接茬,再次问道:"和我们一起去泡温泉吧?"

"我才不要。麻烦死了,对吧鸟子?"

"欸?"

她突然把矛头转向了鸟子,鸟子发出了疑惑的声音。

"你也不想我跟着去吧?"

"呃……"

"对吧?小空鱼,心血来潮乱说话可不好,至少要提前和同行的人好好讨论。"

"我没有不想啊!"鸟子打断了小樱的话,"我没有不想,和我们一起去吧。"

"啊?"

小樱皱起眉头,看看我又看看鸟子。

"这是怎么回事?你们有什么企图?要是想搞什么惊喜我可是拒绝的。"

"没有啦,而且这不是你给我们的嘛。"

"双人住宿券不就意味着我要自己掏钱吗?花钱去两个吵吵嚷嚷的人旁边睡觉?免谈。"

"这个钱我来出,答谢你平时的照顾。"

"我也出!一起去吧,小樱!三个人一起去一定会很好玩的!"

不只是我,就连鸟子也开始热情地邀请,看到这一幕,小樱眉头皱得越来越紧了。

突然她好像意识到了什么,瞪大了眼睛。

"啊……原来如此?"

小樱不胜其烦地仰起头望着天花板。

"原来如此?你在说什么?"

她没有回答我的询问,瞪了我和鸟子一眼小声说:"两个废货。"

"你……你什么意思?"

"就……就是!我们只是邀请你去旅游而已啊!"

我们齐声抗议,小樱不屑地说:"那么想要监护人同行吗?我可不想到目的地还要照看你们。"

"不用照看我们的。"

"我们还会照看你呢。"

"没错没错,小樱你什么都不用做。"

"小樱你待着就可以了。"

"饭来张口就可以了。"

"把我当傻子吗?总之我是不会去的,你俩玩得开心点。"

"小樱。"

"小樱……"

小樱嗤之以鼻,宣布道:"用那种眼神看我也没用。我不去,绝对不会去的。绝对。听懂了吗?这个话题结束了,懂?"

"……"

"喂,懂了吗?"

"……"

"喂……"

3

到了周六早上,我来到池袋站见面的老地方——满是女性向动漫广告的西武池袋线地上检票口前,靠在柱子上等着。不多时,鸟子沿着楼梯跑了上来。我一眼就从人潮中看到了那明亮的金发和精致的脸庞,简直就像是聚光灯的焦点。闪闪发光的鸟子径直朝我冲来的样子莫名有股令人屏息的魄力。每当这样和她会合,我总会浑身僵硬,像一只突然被手电筒照到的夜行性动物。

我能找到鸟子是理所当然的,但不可思议的是,她竟然也能从人群中一眼发现我,明明我这么不起眼,和她完全不同。可能只是因为鸟子个子高,眼神好吧。

啊,不对,是因为右眼的颜色。从远处看自然也很显眼。

"抱歉让你久等了!"鸟子跑到我面前,气喘吁吁地说。

鸟子今天穿着宽松版的灰色连帽卫衣,外边套着男式军用夹克,穿着黑色紧身牛仔裤和匡威鞋,浅蓝色的波士顿包上画着动物园的图案。她把包往地上一放,擦了擦汗津津的额头。

"好可爱的包。"

"欸?嗯,谢谢。"

"看上去好像很重的样子,里面放了什么?"

"没什么,换洗衣物和旅行用品之类的。可能带太多了吧,失败失败。"

我带的是一个芥子色的包,比鸟子的要小两圈。她再次背起行李,和我一起进了检票口。

"不坐特快可以吧?"

"嗯,就坐普通的快车。已经来了,我们上去吧。"

我们越过排成长龙的特快乘车点,沿着月台跑进了停着的快速列车。两人都把行李放上网架,坐下后舒了口气。这个点这个方向的车乘客很少,过了一会儿门就关了,电车动了起来。

"我还有点担心行李太少了……不过也不用带这么多吧?那附近应该有便利店的。"

我们俩决定去秩父的温泉旅馆,虽然在山里,但并不是与世隔绝。

"因为是第一次和空鱼去旅游,不知道该带什么好。"

"是……第一次?"

我有些疑惑。我们已经去过"里世界"无数次,但那或许的确不能称之为"旅游"吧。

"我们之前不是在石垣岛住了三天嘛。"

"那会儿咱们都半疯了吧,而且也不是想去才去的,回过神来时已经在那里了。"

"也是啦,那时确实是这样。"

在石垣岛的那段时间,多数时候是酩酊大醉的状态,说实话记不太清了。此前在"里世界"的海滩遭到了恐怖的精神打击,让我和鸟子基本已经放弃了思考,两个人的精神状态都不太好。甚至喝醉后一时冲动购买了AP-1,最后还忘了这回事……

"这次是正儿八经的旅游,我还是第一次和家人以外的人出门,烦恼了很久的。"

"欸,真的吗?"

"嗯,小时候倒是和学校的朋友一起去露营过啦,不过也仅限于此。"

"这样啊……原来如此……"

"呃,怎么了?"

"没有,看你的样子我还以为你经常出去旅游呢,没想到……"

"以前母亲和妈妈①经常带我到处走,但我自己一次也没去过。"

也就是说闰间冴月也没有和鸟子旅行过吗?想到这里,我的心情变好了一些。现在我还留有令人不快的后遗症,会下意识地在人群中

---

① 鸟子自称从小被两位女性抚养长大,称其为"母亲"和"妈妈",该情节在第三部小说中出现过。

寻找黑衣女人的身影,所以一旦有能胜她一筹的事情,就会让我感到愉快。

我真是心胸狭窄啊。

快车十分钟后到达了石神井公园。

我们下了电车,把沉甸甸的包放进存包柜里,沿着熟悉的路线来到熟悉的小樱家,按下门铃。

过了一会儿,睡眼惺忪的小樱出现了。

"还真来了啊……"

外面明亮的光线让小樱眯起一只眼睛,她的声音有些沙哑,像是刚睡醒。

"准备好了吗?"

"算是吧。"

她把一个朴素的银色行李箱推了出来。

"好大……"

鸟子脱口而出一句感慨。小樱恶狠狠地瞪了她一眼,锁上大门。

"硬把那么不情愿的我拉出来,你们可得负责。"

"负责,负责。"

"负责,负责。"

小樱大大地叹了口气,迈开步子。

"怎么会有你们这么麻烦的家伙,早知道就不把券给你们了。"

"哪有,你要来真是太好了,对吧,鸟子?"

"对呀。"

"拜托你们好好对待我的箱子,里面还放着电脑呢。"

鸟子拖着行李箱,滚轮发出"骨碌碌"的声音,像一头发怒的猛兽在低吟。

4

取回存包柜里的行李,我们再次坐上电车,在所泽换乘特快。因为是周末,乘客很多,但好在面对面的座位空间很大,并没有拥挤的感觉。

小樱坐在宽大的座位上,花了不少时间摸索最舒适的坐法,最后选择了盘腿斜着坐。

"所以我才不想出门,这世上大部分的椅子都不适合我的体型。"她不满地抱怨着。

"那不如换成儿童椅……"

"杀了你。"

鸟子的危险言论说到一半,就被小樱充满杀意的一句话封了口。

从这里到终点站西武秩父站大约要花近一个小时。我还在犹豫着要不要买车站便当时,电车已经出发了。这好像是叫作"Laview"的新型列车,行驶时意外地安静。鸟子坐在我身旁,对面窗边的座位上坐着蜷成一团的小樱。透过大大的车窗看着窗外闪过的风景,睡意逐渐袭来。

我打了个大大的哈欠，却突然发现小樱已经先一步睡着了。还盘着腿，腿上放着的平板电脑已经黑屏。我看向旁边，鸟子也托着腮睡着了。被抢先了——她们俩都睡了，我不就必须保持清醒嘛。

小樱似乎已经看穿了我们非要把她拖过来的理由。"厌货"这个评价虽然让我很不甘心，但确实是一针见血。

说实话，我很害怕。一想到要和鸟子两个人一起泡温泉我就害怕。

不，准确来说，是鸟子害怕这件事让我感到害怕。虽然我也并不喜欢和别人一起泡温泉，但我去过中小学的修学旅行，高中时期过逃亡生活时也去过公共浴场，还是有经验的。所以当小樱让我们结伴去温泉旅行时，虽然有些慌乱，但起码还能接受，反正和鸟子一起泡温泉也就和平时差不多吧。

鸟子比我更加犹豫。如果是因为加拿大出身，对日本全裸泡温泉的风俗习惯感到无措倒是能理解，但她的举动实在是太可疑了。视线一直在我的脸和脖子往下来回逡巡，当发现自己的行动被我察觉时，便一动不动地盯着我的眼睛看。

"一起泡温泉吧，空鱼！"对我说出那句话时，鸟子的神情令人难以忘怀。她的脸红到了耳根，是我至今为止从未见过的羞涩和难为情。

就像看到别人难为情时自己也会难为情一样，发现鸟子在害羞的时候，我也突然害羞得不行。一旦意识到了这一点就完了。要在她面前脱衣服实在是太不好意思了，在那霸的"纽约风"民宿的那天早上，那惊鸿一瞥突然浮现在脑海里，让我不知该如何是好。

我害羞得不敢看身旁的鸟子，这让我感到很恐怖。因为迄今为止从未出现过这样的情况。

这样下去很危险。我和鸟子的关系来到了一个危险的拐角，这样下去会酿成惨烈的事故——危机感在胸中不断膨胀，我的大脑飞速转动，火花四溅。一瞬间突然灵光一闪，开口邀请了小樱："我们三个人一起去泡温泉吧？"

不知为何，我敢肯定两人独处一定会有什么脱离常轨，可能会走上一条不归路。大概鸟子也有一样的感觉，因为她心照不宣地掩护了我。尽管小樱很不情愿，但她无论如何也得来。这是我和鸟子向她发出的求救信号。

电车票、住宿费、餐费都帮她出了，行李也帮她拿，还帮忙带特产……在我们俩的游说之下，小樱终于屈服了。虽然她一脸无语，看上去打心底里觉得很烦，但我和鸟子还是松了口气。因为规避了某个危机是肯定的。在那之后直到今天，我俩都闭口不提这件事。

电车在饭能调了个头，可能走的是Z字形路线，周围的乘客们纷纷调整了座椅朝向。我们一开始就是对着坐的，所以还是保持原样。

我偷偷看了一眼鸟子的侧脸。明明已经看了无数遍，却怎么也不能习惯。我时常想，为什么这么好看的女孩子会在自己身边呢？打盹的时候也这么好看。要是我也这样不小心睡着了，一定会张着大嘴流口水，不忍直视吧。

突然，似乎是察觉到我的视线，鸟子微微睁开了眼。

"嗯……睡过去了，抱歉。"

她揉着眼睛说，打了个哈欠，睡眼惺忪地看着我和窗外的风景。

"我们现在到哪儿了？"

"刚过饭能。你睡吧，早上起得很早现在很困吧？小樱也在睡觉。"

"嗯……谢谢，一直在收拾行李几乎没怎么睡……"

为什么会彻夜收拾行李啊？不就是在附近住两个晚上吗？我只带了换洗衣物，牙刷和基础化妆品，笔记本电脑还有充电线什么的而已，以及战功赫赫、令人安心的马卡洛夫手枪。

因为不知道会发生什么，最近出门时我都把枪放在包里带着。另外，以防万一我还带了装有药品、手电筒和紧急食品的探险套装。这些东西都和马卡洛夫一起装在户外用品店买的防水帆布包里。

透过车窗能看见层林尽染的饭能群山，山里的某处坐落着我们的"牧场"。在那个邪教组织建造的诡异设施中，沉睡着好几处还没用过的，通往未知领域的"门"。

虽然今天不准备去那里……要从哪个"门"开始探险呢？光想想就让人心潮澎湃。

小樱似乎在做梦，睡着睡着突然弹了一下。还以为她醒了，她却咕哝了几句又安静下来。

我一个人畅想着下次去"里世界"探险的计划，但有时会突然想到接下来要去泡温泉的事。

不不不，只不过是泡个温泉嘛。小樱也在，三个人一起一定会很开心的，不用担心。

没事的。

没事吗？

什么没事？怎么没事？

我静静地坐着，内心却还是有些紧张。虽然都是女孩子，但毕竟一起泡温泉还是会觉得很害羞。特快Laview列车载着心慌意乱的我驶向了终点——西武秩父站。

5

"咦？我怎么觉得之前也来过这里？"鸟子在西武秩父站前四下环顾，惊讶地说。我不禁感到无语。

"你现在才发现？八尺大人那次我们来过的，因为从'里世界'回来时到了秩父的神社。"

"啊，原来是这里啊！我想起来了。我们在山路上叫了辆出租车到了这里……然后在车站里吃了炸猪排盖饭之后回去的。那家店的名字特别夸张，叫什么来着？"

"黄金草鞋猪排。"

"对对对，就是这个。那会儿我们才刚认识呢，好怀念啊。"鸟子感慨万千地说。

明明还没过多久，不至于怀念，现在想起来却好像是很久之前的事了。当时我还没对鸟子放下心防，鸟子应该也还不了解我。之后又过了半年，我们的关系也变了不少。要说变成什么样了……该怎么说好呢？虽然现在我还懵懵懂懂，但毫无疑问变得更亲近了。

车站旁边是一幢综合建筑，里面有为当天来回的旅客准备的温泉和美食广场，挤满了登山队和早上登山返程的游客。现在刚好是中午，这个点估计每家店都满了吧。

"怎么办呢？你们饿了吗？"我问道。看到熙熙攘攘的人群，已经沉下脸来的小樱摇了摇头。

"一会儿再吃饭吧，先去旅馆。"

"OK，鸟子也没意见吧？"

"嗯，走吧走吧。"

我们预订的旅馆有接送服务，但现在叫的话会等很久，我们便坐了出租车直接前往。和鸟子AA制的话应该不会很贵吧……大概。

总觉得遇见鸟子之后，我花钱变得越来越大手大脚了。换作是以往，这种时候我绝对不会坐出租车的。手头宽裕了点就这样，看来我比自己预想得还缺乏自制力。

我们在车站前上了出租车，把小樱的行李箱放进后车厢里。看到我和鸟子不打算把自己的行李放进去，司机露出了惊讶的表情。因为里面有枪，我们想放在触手可及的地方。

出租车离开车站，驶向山里。沿着蜿蜒曲折的山路开了大概三十分钟，随着一路上行，绿色的树丛逐渐染上了金黄。在黄叶中大概有三成红叶时，树丛中出现了一座巨大的建筑。建筑是木质结构的，已经有些年头了，铺着瓦片的屋顶几乎被参天大树的枝叶所覆盖。这里就是我们的目的地——温泉旅馆。

在玄关前下车时，鸟子突然嗅了嗅。

"这是什么味道？"

"温泉的味道吧。"

"啊……原来如此。"

她有些慌乱地念叨着，似乎已经快忘了自己是来泡温泉的这个事实。

入口的木门光滑，有些发黑，上面镶嵌的玻璃有点歪了，看上去很有年代感。推开"嘎啦嘎啦"作响的木门，铺着红地毯的大厅映入眼帘。换鞋的地方放着许多黑色皮鞋，我吃了一惊。

"人好多啊。"鸟子顺着我的视线看去，说道。我点点头。

"可能是公司组团旅游吧，希望他们不要太吵。"

我们在大门边上脱了鞋走进去，把鞋放进鞋盒里，穿着拖鞋"啪嗒啪嗒"地穿过大厅。周围摆放着熊和长尾雉的标本，以及穿着华丽和服的日本人偶，它们静静地注视着我们。

"为什么选了这里？"标本的眼球闪着无神的光，小樱厌恶地看着它们问道。

"只是因为是老店,评价也很好,听说饭也很好吃,还有……"

"还有?"

"还有,只有这家店能把住宿券上的双人套餐换成三人套餐。"

在前台办完入住手续,我们踩着"嘎吱"作响的地板走向房间。鸟子回头看着大厅,惊讶地说:"我第一次住前台不给钥匙的旅馆。"

"因为是拉门,没有门锁。"

从走廊的窗朝外面看去,我吓了一跳,这里竟然出乎意料的高。明明不记得爬过楼梯,不知不觉间却到了二楼。从旅馆的平面图来看,这家店建在斜坡上,我们进来的带玄关的这栋楼地势更高些。这里似乎经过了长年累月的扩建和改造,走几步就能看到到处都是小拐角和高度仅有一二十厘米的台阶。天花板被熏得漆黑,看上去有上百年的历史,旁边却附着崭新的 WiFi 路由器网线,显得十分突兀。

我们被带到了一个明亮的房间,大概有我的公寓三倍大,窗外是遍布红叶的群山。

鸟子"哇"地欢呼了一声,趴到窗边向外张望。

"太厉害了,好棒啊。旁边就有一条河。"

"这房间挺高级的啊?花这么多钱没事吧?"小樱抬起头看着我说。

"是用你给的招待券订的啦。"

"那就好……我的房间在哪儿?隔壁?"

"在这里哦。"

"啊?"

"我们三个住同一个房间。"

听了我的话,小樱满脸愕然。

"什么,我要和你们住一个房间?才不要。"

"为什么啊?"

"我不是说过不想在两个吵吵嚷嚷的人旁边睡觉吗?!你俩相亲相爱就好了,我待在旁边跟傻子似的。"

"都说不会了。"

"对呀,别说这种话嘛,小樱。"

从窗边回来的鸟子也加入了谈话,小樱恼怒地叹了口气。

"哈,真是的。行了行了,可恶。"

"太好了,我们三个一起吵吵嚷嚷吧!"

"我不会加入的。"小樱冷漠地说。

6

"小樱,你的箱子要放哪儿?"

鸟子问道。小樱大步穿过房间,站在了窗边。纸拉门和窗户之间有宽约一张榻榻米大的空间,放着椅子和桌子。我记得这好像叫"广缘"①。

"放这儿吧,这里就是我的领地了。"

小樱说着,在两把椅子中挑了一把坐下。她皱着眉头挪了会儿屁股,最后似乎找到了满意的位置。

"在这里如果你们太吵,我随时可以把拉门拉上。"

"这种狭窄的空间不错吧,我也很喜欢。"

"是吗?我倒是喜欢宽一点的。"

我们各自放下行李,休息了一会儿。因为没什么事可做,我便用房间里的电水壶烧了水泡了绿茶包,一边玩手机一边大口吃起了放在矮桌上的茶点。

小樱从行李箱里拿出笔记本电脑和平板电脑,把电源插好,做好了万全的充电准备。走廊那张小桌子上摆满了电子设备,鸟子看着这幅光景,目瞪口呆地问道:"你是来干吗的,小樱?"

"就是正常来工作的。不必在意我,请自便。"

与此同时,鸟子从大包里取出来许多体积巨大的东西,雨具、鞋子、水壶、深冬时节穿的厚毛衣等。

"难不成你打算去登山吗?"

"因为我根本不知道温泉旅行到底是什么样的嘛!"

鸟子噘着嘴,从波士顿包底部拽出了泳衣。我见过这件泳衣,是

---

① 原文为"広縁",指日式房屋屋檐下的宽走廊。

在那霸的堂吉诃德店里买的。

"欸，你带这个来干吗？"

"我想着会用到……"

"前台写着请不要穿泳衣入浴哦。"

"嗯，我看见了……"

鸟子不舍地说着，把泳衣放回了包里。她长出了一口气，像要平复心情，之后看向我和小樱。

"接下来干吗？"

"我肚子饿了。"小樱说，我也点点头。现在已经是午后了，我饿得前胸贴后背，光靠茶点已经填不饱肚子了。

"晚饭是几点？"

"晚上七点。"

"还早呢……旅馆里有食堂吗？"

"好像有咖啡店。"

鸟子看了看房间里放着的旅馆设施导览后说："那我们过去吧。"

"啊，小樱，我会请你的。"

"不用一一解释。"

我们出了房间。虽然贵重物品已经放进了保险箱，但房间没有锁这点让鸟子十分不安。

大厅隔壁的咖啡店菜品种类十分匮乏。我们讨论之后点了甘味噌蒸番薯，然后将在当地店铺里采购的好几种面包分着吃。为了留着肚子吃晚饭，我们避开了丼饭、乌冬面和荞麦面，结果碳水化合物却成了主食，变得像增肥餐一样了。小樱点的饮料是可乐，我点的是蜜瓜苏打水，鸟子则点了一杯咖啡。

磨磨蹭蹭地吃完，感觉缓过劲来了，这时鸟子说道："之后要干吗？"

"趁天还没黑先去泡温泉？"小樱用吸管一边喝着第二杯可乐一边说。

"欸？！"

"为什么大喊大叫？"

"这么早就泡温泉吗？"

"你可以爱泡几次泡几次，什么时候都能泡，因为是温泉。"

"是吗？"鸟子求救似的看向我。

"嗯……嗯，因为是温泉。"

"温泉可以反复进去泡吗？"

"我也不太清楚，但在温泉旅馆下榻好像就是这样的。"

"这……这样啊……原来如此……"

不知所措。坐立不安。

鸟子双手撑着椅子，左右摇晃着身体。她不安的视线越过我，落在墙上贴着的"秩父夜祭"的海报上，饶有兴趣似的紧盯着它。但我敢打赌鸟子现在一个字也没看进去。

我十分头大。

鸟子，为什么你要那么……为什么你要那么坐立不安啊？

很奇怪吧……

只不过是泡个温泉而已啊！

我忍不住站了起来。

"去泡温泉吧。"鸟子惊慌地仰头看向我。我几乎是瞪着她，再次说道，"去泡温泉吧。趁天还没黑下来，OK？"

"O…OK."

"Good."

我点点头，鸟子也跟着连连点头，虽然她还是一脸茫然。

"慢走。"

小樱用看傻子一样的表情向我们挥了挥手。

"小樱也一起来吧。"我对她说道。

"我不要。"

"小樱。"

"我之后一个人泡，不想和你们俩一起。"她坚决地摇头说道。

"小樱。"

"小樱。"

"喂。"

"……"

"……"

"……你们俩真的很讨厌。"

7

穿过红色的门帘进了更衣室，这里非常崭新，闪闪发亮，和这家古老的旅馆不太相称。更衣室似乎也是最近装修过的。我们抱着从房间里带过来的毛巾和浴衣，各自找了个开着的存包柜。

房间里除了我们还有其他几名客人，通往浴池的玻璃门开着，不断有人出入。不同年龄层的女性只系着毛巾来来往往，鸟子看得瞪大了眼睛。我看不下去了，在她耳边说道："别一直盯着人家看。"

"欸？"

鸟子吓了一跳，发出怪声，我差点笑出声来。一圈看下来，我开始感到有趣了。虽然迄今为止也好几次感受到我们俩成长的环境是不同的，但从未有过如此切身的体会。

"没有大人带着就不敢来泡温泉，我真是无语到极点。你俩一辈子裹着尿布生活算了。"

小樱一边嘟嘟囔囔地埋怨着，一边往存包柜里扔进一个一百日元硬币。

"啊，小樱，我来付吧。"

"这点钱我自己会出！而且这钱会退回来吧。"

鸟子依然一动不动地站在打开的柜门前。

"没事吧，鸟子？"

"嗯。"

"在这里把衣服脱了，拿着存包柜的钥匙、装有洗漱套装的小包和小毛巾进去就可以了。"

"我知道。"

真的知道吗？

感觉如果没人示范，鸟子是不会行动的，我下定决心开始脱衣服。

其实事到如今，起初的难为情已经淡了不少。进了更衣室里面也有很多没穿衣服的人，没错，冷静下来想想，不过是泡个温泉而已。

但是。

啊，鸟子。

为什么你这家伙要这样紧盯着我？

我无视身旁像要把我盯出个洞来的视线，毫不犹豫地把衣服都脱了之后，深吸一口气看向鸟子。

她正睁大眼睛注视着光溜溜的我，自己的衣服还穿得好好的。

你倒是快脱呀！

"鸟子。"

我出声叫道，鸟子如梦初醒般眨眨眼。

"我先进去了。"

"啊，嗯……"

和我一样，小樱也迅速脱了衣服。感受到鸟子的视线追逐着自己的背影，我推开沉重的玻璃门，和小樱一起走进了浴室。

硫黄的味道变得浓烈，视线被氤氲的蒸汽笼罩。

我舀水冲了冲身子，坐在浴室的塑料椅上，从小包里拿出洗发水开始洗头。到冲水的时候，更衣室的门开了，鸟子一脸心虚地用毛巾挡着身前，小心翼翼地走了进来。

虽然已经做好了心理准备，但在那霸的民宿之后再次看到鸟子的身体，我还是不由自主地屏住了呼吸。

真是……太美了。

她的全身上下都散发着美丽的光辉，简直像艺术品。而且还是活的，还会动……

我看呆了。身旁的小樱嘟囔了一句："这是波提切利[①]吗……"

"咦，你刚才说什么？"

"那家伙看上去像不像'贝壳上的维纳斯'[②]？"

我终于听懂了小樱话里的意思，不由得笑出了声。我也在某处见过那幅画着维纳斯诞生场景的名画，那困窘又迷茫的神情和现在的鸟子的确很像。

托了这一笑的福，刚才那诡异的紧张感也一时间消失不见了。

"鸟子，过来这边。"

我举起手喊她，这位初生的"维纳斯"松了口气走过来。

"我该怎么做？"

---

① 桑德罗·波提切利，15世纪末意大利著名画家。
② 出自波提切利的名画《维纳斯的诞生》，绘于1487年。

"泡温泉之前先洗澡。"

"咦，每次都要吗？"

"不是很脏的时候冲冲水就可以了。进门右手边就有出热水的地方，对吧？在那里用小提桶舀水，冲掉身上的汗之后再进汤池。"

我一本正经地向鸟子进行说明。其实自己也没什么自信，来之前专门查了一下。在网上搜了"温泉泡法礼仪"。

"那……这个，怎么办？"

鸟子压低声音，露出挡在毛巾下面的左手。

"……啊。"

看见那只透明的左手，我张大了嘴。

"抱歉，我忘光了。"

"我也是，现在不是说这个的时候了。"

我们俩都只顾着想泡温泉的事，完全把鸟子左手不戴手套有多惹眼的问题抛到了脑后。虽然我的右眼也挺惹眼，但还算能接受，鸟子的透明左手实在是太过奇怪。而我们对自己身上发生的变异已经完全见怪不怪了……

我偷偷扫了一眼四周。目前在能见度很低的浴场倒也罢了，进汤池的话可能会有麻烦。不是我偏心，鸟子长得好看，自然引人注目。

"总之……在汤池外面就用毛巾挡着吧，进了汤池就藏到水里，水里看不清楚的，没事。"

小樱有些尴尬地说，看来忘了这个问题的不只我们俩。

鸟子在我旁边坐下，战战兢兢地开始洗头。

"这样和别人一起洗澡感觉好奇怪啊。"

"没事，很快就习惯了。"我一副轻车熟路的架势说道。

一旦下定决心，和鸟子一起洗澡好像也不是什么大事。只要不朝旁边看就好了。冷静下来想想，不管穿没穿衣服，反正看到鸟子都会被她的美丽所震撼，难以直视只能移开目光，所以洗澡也只要像平时一样就好了。

鸟子好像还没冷静下来，洗澡的时候我频频感觉到她在看这边。

没事，很快就习惯了……

冲干净身上的泡沫，我们走向汤池。难得来一次，比起室内浴池，当然要选露天温泉。打开通往外面的门，湿漉漉的身子便被秋天清凉的气息所包围。

"好冷！"

鸟子发出了悲鸣。

小樱、我和鸟子排着队快步走过石板路，泡进岩石做成的露天汤池里。

"呼——"

温泉的热度沁入冰凉的肌肤，任何人都会发出惬意的叹息。

鸟子学着小樱把头发盘了起来，这样子能看到鸟子后颈的碎发，真是难得一见的发型啊。正想着，她朝我看来，我们视线相交。我吓了一跳，鸟子不安地问道："不能把毛巾泡进水里，对吧？"

"嗯，这是禁忌事项，绝对不行。"我平复了一下心情回答。

"这么严重？"

我背靠着岩石汤池的边缘，伸直了腿。三人并肩坐着，发了会儿呆。露天温泉四周竖着板壁，再往上就是遍布红叶的群山和飘着云絮的蓝天。

"我好像逐渐习惯了。"鸟子长长地叹了口气说。

"我就说嘛。"

"但还是觉得很不可思议。日常生活中，浴室也是私密中的私密场所吧，能和浴室相提并论的就只有厕所或者床了。"

"厕所确实很私密，床也算吗？"

我不经大脑思考地问了一句，见鸟子和小樱在两侧直勾勾地盯着我，我有些慌乱。

"我……我说错了什么吗？"

小樱一言不发地移开了目光，鸟子也没回答。

干吗啊……

我心虚起来，把屁股往前挪了挪，让鼻子以下都浸到水里。我不管。我不说话了。

"空鱼从一开始就习惯了这样的泡温泉方式吗？"

"咕噜咕噜。"

"啥？"

"咕噜咕噜咕噜。"

"你溺水了？"

我放弃挣扎，回到水面上。

"我……现在还是觉得有点怪怪的。平时在别人面前光着身子就会被逮捕，但在一门之隔的更衣室里，突然间大家就都脱了，而且还一脸理所当然的样子。"

"果然你也这么觉得？"

"可能除了我之外，其他人都知道在这种地方该干吗吧……但我就心惊胆战的，只有等周围的人都脱了衣服，判断自己也能脱了，我才会照着他们做。"

"没有谁真的知道在这种地方该干吗。"小樱心不在焉地说。

"泡温泉就是这样的吧。"

"就是这样的啦。"

身体和精神的紧张感逐渐被温泉所消融。飘过的云彩、小鸟的啁啾、不断倾泻而下的温泉水流声。秋风轻轻拂过我们滚烫的脸，令人十分惬意。

鸟子吐出一口热气，抹了把脸。

"空鱼……"

"嗯？"

"这个要泡几分钟啊？"

"欸，没有规定时间啦，想泡多久就……"说着我向旁边看去，只见鸟子露出水面的脸已经被蒸得通红。

"你……你没事吧？"

"我好像有点晕乎乎的……"

只见她的后颈和耳朵都染上了粉色，本来肤色就白，更是分外明显。

"快出去快出去，你都泡晕了。"

"嗯……"

鸟子起身坐到旁边的岩石上。

"里面有蒸桑拿用的凉水池，你去凉快凉快吧。"

"也好……我去一下。"

鸟子站起来，我满心担忧地目送着她。

"小空鱼，你跟着去不就行了？"

"也是。"

我正打算起身，鸟子伸手制止了我。

"没事没事，我没晕到那种程度。"

"真的？"

"嗯，我去清醒一下。"

"别勉强，你可以先回去的。"

"好。"

鸟子摇摇晃晃地离开露天汤池回到了屋里。

"看来她被蒸得不轻。"

"我倒是觉得温度刚刚好。"

"我也是。"

小樱举起双手伸了个懒腰。

"哈啊,真的来了就觉得温泉其实也还不错。"

"那太好了。"

"一个人我是绝对不会来的,还得谢谢你啊!"

"怎么突然说这种话?什么意思?"

"就是字面意思啦!给我乖乖挨夸!"

虽然还有点难以置信,但小樱看上去心情真的不错。刚好鸟子也不在,机会难得,我试探着问起了之前耿耿于怀的事。

"之前我不是说公寓隔壁房间开了个'门'吗?"

"嗯?"

"虽然有鸟子帮忙总算是解决了问题,但我也不太记得当时发生了什么。只是'里世界'事件第一次发生在离我这么近的地方,总觉得很讨厌。"

"……哦。"

"之前在饭能的'牧场',有长着人脸的牛对我说话了,说了一堆我的个人信息。"

"麻烦你能不能不要突然提到灵异话题?!"

"在这种亮堂舒服的地方也不行吗?"

"这不是重点啦!"

小樱站起来想要逃走,我迅速抓住她的手腕。

"放……放手。"

"恐怖内容就此打住，我想问的是理论层面的问题。"

"什么啊？"

"你觉得'里世界'的生物是怎么挑选接触对象的？"

小樱皱着眉头瞪了我一眼，无奈地坐回池子里。

"我想先问问你是怎么想的。"

"它们——不知道能不能这么称呼，想通过吓我们，让我们感到恐怖而发狂，让我们陷入异常的精神状态，对吧？"我松开她的手答道。

"假设'里世界'生物有明确的意志的话，或许可以这么说。"

"起码看上去有这个倾向。并且为了实现这个目的，它们会窥探我们的大脑，利用怪谈的一些套路和细节。"

"那它们挑选牺牲者的标准是什么？"

"之前我一直以为这像事故一样是随机的。因为实话怪谈里并没有提到为什么主人公会遇到这些恐怖事件。他们只是碰巧在某个地方，碰巧倒霉，遇到了诡异现象而已，没有其他理由。我一度以为'里世界'引发的现象也和实话怪谈一样，可是……"

我有些犹豫要不要把自己毫无根据的推测说出来，小樱催促道："可是？"

"最近我很明显地感觉到它们就是冲着我来的。可能是我自作多情，但尤其是最近发生的这两起事件，让我感觉这并不是事故，而是受到了'里世界'的攻击。"

小樱四下看了看，露天汤池里除了岩浴池之外，还有如瀑布般落下的温泉，以及躺着泡的"寝汤"，没听到其他人的响动。

"小空鱼，你说的'个人信息'具体指什么？"

"我那痴迷于邪教的父亲的脸和祖母的声音。"

"对你来说很恐怖吗？"

"嗯……是的，很恐怖。被我完全抛在过去的东西突然出现在眼前，除了吃惊，更多的是害怕。"

"真让人恶心。"

"就是啊，我都条件反射开枪了。"

"我真心不想和你说话了。"

小樱仰天发出一声抱怨。

"我的事情无所谓啦，小樱你怎么想？"

"这只是我的一个想法——或许这些现象看似是来自'里世界'的接触，但其实是反映了人类执念的镜子。"

"执念？"

"比如……冴月的事。"

小樱的语气很沉重。我默默等待着，她有些踌躇地接着说："鸟子和你一起去了'里世界'，遇到了外表和冴月一样的生物，但我身上没有发生那种事。在她消失后，我也一度非常挂怀，但我没有带着枪去'里世界'找她。除了害怕之外，我认为自己失去了当冴月同伴的资格。当时我已经放弃她了。"小樱自嘲地说。

我已经决定无视她们对闻间冴月其人的感伤之情，便有意识地循着她的思路想了下去。

"你的意思是，鸟子还没有放弃冴月小姐，所以她才会遇到和冴月小姐长得一样的生物？最近我感受不到冴月小姐的气息，也是因为对她的执念淡化了？"

如果是这样，那就太好了。

"毕竟冴月当着你们的面把那个狂热信徒的下巴给卸了，还把她母亲的眼睛戳瞎了。看到那一幕，就算是鸟子也会傻眼吧。虽然还是冴月的样子，但已经完全变成怪物了。"

小樱身体一颤，向下沉了沉，让肩膀没入水中。

"如果说'里世界'生物是以人类的留恋之情为踏板来到现实世界，那怀着强烈执念寻找冴月下落的鸟子，就是最容易利用的了。或许因为她的执念有所淡化，相对地，你的执念就显现出来。"

"你的意思是现在它们改变了矛头，开始冲着我来了？"

"对它们是否有意志，我持保留意见，我们现在还一无所知呢。"

我长长地"嗯"了一声，抹了把脸。

"太难了吧。对方要是没有意志的'现象'，那我的怒火就没地方发泄了。"

"有必要生气吗？"

"因为不生气的我是很软弱的。"

小樱用意味深长的目光看着我。

"怎么了？"

"小空鱼，你之前看见了冴月的幻影，对吧？而鸟子却看不见。"

"是的。"

"你本来对除了鸟子以外的人都漠不关心，对吧？"

"那又怎么样……"

"长时间的愤怒也是执念的表现形式之一。或许小空鱼你看见的冴月正是你自己的执念，说不定在'里世界'的时候，鸟子面前出现的冴月和你看到的是不同的存在。"

她的话让我脊背一凉。虽说是为了保持警惕，但有好几次，当发现自己无意间从人海中搜寻着冴月的身影时，我确实感到十分生气。

"如果下次再出现长得和冴月一样的某些东西，可能就不是鸟子，而是你的错了。"

"……那可真讨厌。"

听到我的感慨，小樱坏笑了一下。

"这些都只是推测。"

我双手捧起一汪水洗了洗脸。

"如果你的推测没错，我只要斩断对过去的执念就不会再被攻击……大概是这样吧。可我觉得自己并不在乎过去，甚至都忘了。"

"只是你以为而已，其实这些记忆都被你无意识地封存在了心底。"

"这很难判断吧？"

"可能吧。总之，你自己的事只有你自己清楚，我也不是心理咨询师。"

我对过去的执念？

我有吗？一时之间想不出来，我也不觉得自己有什么值得大书特书的经历，也不觉得自己会刻意去忘记那些讨厌的事。

但常言说，疯子常常不知道自己疯了……

我正思考着，小樱又开口了。

"你的后悔和留恋越多，破绽就越多，越容易被乘虚而入，不管对手是人还是'里世界'的存在。虽然之前你已经忘了有那么一回事，但不管以怎样的形式，了断过去的因缘总不会有什么坏处嘛。"

"了断过去的因缘。"

可能是吧，正当我打算表示同意时，小樱突然改口道："不对，慢着。如果是你们的话，很可能用违法的方式来做这件事。我收回刚才那句话，把我说的都忘了。"

"欸？"

一阵微风拂过我汗湿的脸。虽然天色还很明亮，但暮色已经渐渐到来。

"那家伙没回来啊。"

"虽然我让她可以先回去……说不定泡晕了。"

"去看看吧。"

我们出了岩浴池，在凉飕飕的秋风中瑟缩着回到了屋内。

8

我在自动贩卖机买了盒咖啡牛奶,找到躺在按摩椅上享受的鸟子,之后出了更衣室。

穿过大厅时,此前摆在脱鞋处的大量黑色皮鞋已经消失不见,不知道是他们都出去了,还是鞋子被收起来了。

我们都被蒸得有些晕乎乎的,回房后又懒洋洋地歇了会儿。晚上七点时,女侍者送来了晚饭。

摆放在矮桌上的怀石料理,其丰盛程度令我不禁咋舌。

"这份是海胆和秋鲑配秋葵山药泥。"

"这份是前菜,芝麻菜和酸浆果配鸭里脊。"

"这份是岩茸和菊花配醋拌露生姜。"

"这份是炸香鱼和炸泽蟹。"

"这是盐烧真鳟。"

"这是莲子腐竹汤。"

伴着高端深奥的说明,一碟碟菜被接二连三地送上来。鸟子两眼放光地望着这些料理。

从远处的房间传来谈笑声,可能是在办宴会吧。

"今天人真多啊。"

"啊?哦,嗯。"

趁着说明的间隙，我无心一问，却换来女侍者复杂的神情，这让我更坚定了不再和陌生人闲聊的想法。

她没有理会暗自神伤的我，在桌上摆好饭菜后行了一礼退出房间。

"请慢用。"

怀石料理套餐送了三大瓶啤酒，小樱一边打开瓶盖一边说："可别想让我给你们倒酒。"

我和鸟子面面相觑，老老实实地点了点头。我们俩都没有一丁点这方面的想法。

三人各自倒了酒，干杯。

"为送我们免费温泉旅行的小樱，干杯！"

"干杯！谢谢你，小樱！"

"你们可要诚心诚意地谢我，干杯！"

坐在不用在意他人目光的和室里，刚泡完澡的轻松惬意似乎让醉意来得更早了些。我们一边吃饭一边赞叹着菜品的美味，不知不觉间都喝醉了。

用内线电话加了三次啤酒，又吃完了甜点——抹茶牛奶豆腐之后，我们已经烂醉如泥。回过神来时我发现鸟子和小樱枕在我的两个膝盖上睡着了，而我半梦半醒间下意识地抚摸着两人的脑袋。

我们怎么会变成这样的？我一边回忆着一边望着两人的睡脸。这两人，看上去很幸福的样子。

我停下抚摸着她们脑袋的手，出声叫道："喂，起来了。"

"嗯嗯……"

"不好意思,麻烦起来一下。"

"嗯……不要……"

我移开麻掉的腿,两人的脑袋碰在榻榻米上,才终于清醒过来。我想尽办法把这两个像僵尸一样摇摇晃晃的人扶起来,帮她们穿好凌乱的浴衣,又喊来女侍者撤了盘子,把两人赶进并排铺着的被子里,最后自己也倒在上面。

我尽力了,我真是太强了!

昏睡了一段时间后,我突然醒了。

房间里一片漆黑。躺下之前我似乎关了灯,虽然自己已经不记得了。我也太强了吧!

屋里屋外都是一片寂静。我摸出手机,明亮的屏幕刺痛了我的眼睛。现在是凌晨两点。

"呜啊……"

隔壁的被子里,被光照到的鸟子嘟囔了一声。

"抱歉,把你吵醒了?"

我小声道歉,鸟子捂着脸说:"现在几点?"

"两点刚过。"

"出了汗,全身黏糊糊的,都是酒臭味。"

她像小孩子一样抱怨道。不对,小孩子不会说什么酒臭味的。

我身上也汗津津的。可能是泡温泉促进了新陈代谢,现在浴衣已经湿透了。

"我们去冲个澡吧？"我支起身子说。

"这个点那边开着吗？"

"这里应该是二十四小时能泡的。"

"欸，好厉害。"

小樱嘟嘟囔囔地翻了个身。我们打住话头，借着手机的亮光交换了一个眼神，抱着换洗衣物和毛巾悄悄打开拉门来到了走廊里。

我们蹑手蹑脚地走在这家古旧旅馆的走廊里，不约而同地发出了窃笑。感觉就像回到了小时候，在陌生的宅子里探险一样。我看向旁边，鸟子对我露出一个恶作剧的笑容。不用问也知道，她现在和我想的一样。

刚才经过时亮如白昼的大厅，现在除了前台，也把灯光调到了最暗。熊的标本和人偶正藏在墙边阴影处，用它们的玻璃眼球望着我们。唯一明亮的前台站着一名身穿和服的服务员，但我们像在玩捉迷藏一样在她背过身时跑了过去。踩在鲜红的地毯上，黑暗中响起我们轻轻的脚步声。她发现我们了吗？有没有呢？我们紧张地说着悄悄话。

这个时间更衣室依然是亮着的。除了我们之外只有一名客人，她裹着浴巾，坐在盥洗台前用吹风机吹头发。

虽然每个存包柜都可以用，但我们还是特意挑了两个相邻的投了币。这次是鸟子先脱了衣服。她解开腰带，脱下浴衣，又三下五除二把里面穿的T恤和短裤都脱了。我目瞪口呆，光溜溜的鸟子对我露出一个灿烂的笑容。

"啊哈。"

我也不由得笑出了声。我们现在已经完全找回了童心。我试图脱下浴衣，但不知不觉间腰带竟然打成了死结，正手忙脚乱时，鸟子伸过了手。她用纤长而灵巧的手指松了松那个结之后一拉，轻松地解开了带子，领口敞开了。等我脱完衣服，她发出闷闷的一声欢呼。只是两人都脱了衣服而已，鸟子似乎无比雀跃。我们都懒得把衣服锁进柜子里，直接冲进了浴室。

虽然是深夜，但大浴场里还是有几名客人。她们肯定也和我们一样，半夜醒来浑身大汗所以过来洗澡的吧。

"空鱼，我们去外面洗吧！"

"嗯。"

我们用小提桶舀水冲洗了身子后来到露天温泉，外面空无一人。我们一边叫冷一边泡进岩浴池里，让热水没过全身，然后长长地叹了口气。

"开心！"鸟子情真意切地说道，"和空鱼你在一起真的好开心。"

"嗯，我也是。"直截了当的感想脱口而出，"要是一直能这样就好了。"

"我也这么想！"

"总觉得和鸟子你一起，我们就能踏遍'里世界'的各个角落。"

"可以呀，我们去吧。"

"嗯，我们去！"

我们互相说着说着，还是觉得这种"豪情壮志"令人有点难为情，最后都笑了起来。

在蒸晕之前我们出了岩浴池，把外面各种各样的温泉都试了一遍。从墙上冒出的小瀑布式温泉；从平坦的岩块上流过的"寝汤"；只能容纳一个人的"壶汤"……明明只是在泡温泉而已，两人一起却是这么好玩，就好像在逛游乐园一样。

试了一圈之后，我们又回到了原来的岩浴池，肩膀挨着肩膀，并排望着夜空。因为浴场里有灯，还没达到"手可摘星辰"的效果，但在寂静的秋夜里仰望星空，怎么说也是十分浪漫的。

"真漂亮。"我自言自语地说，这时鸟子把头靠到了我肩上。

"嗯？怎么了？"

闻言鸟子笑了笑，说："以前从来没有人带我做这些事情，我真的很开心，我好喜欢你呀，空鱼。"

"谢谢。我也很喜欢你，鸟子。"

我没有多加考虑就说出了口，在认识鸟子之前我没有任何朋友，我的生活也从来没有如此有趣过。现在我的心情异常坦率，哪怕是平时羞耻得让人说不出口的话，现在也能轻易说出来。

鸟子震惊地倒吸了一口气。

我有些奇怪，转头一看，夜色里也能清晰地看到她满脸通红，蓝色的眼瞳水汪汪的，微微闪烁着。

啊，又泡晕了吗？正当我这么想着，下一个瞬间，鸟子的右手在水底摸索着，一把抓住了我的左手。

"真的？"鸟子的声音听上去有点哑，"真的吗？"

我呆呆地望着鸟子。她的眼神带着一丝疑惑，又像是被自己说的话吓到了。她希望自己对好朋友的情谊得到同样的回馈，我必须要认真回答。

我看着鸟子的眼睛，慎重地点了点头。

她的手握得更紧了。她的眼睛越睁越大，气息短而急促，就像陷入了恐慌。

我无法移开视线，任由鸟子握着我的手。她的肩膀绷得没那么紧了，似乎是放下了心。

但我还没放心。现在鸟子还是很紧张，为了宽慰她，我露出了微笑。

鸟子垂下眼睛，长睫毛上沾着的水珠晶莹闪烁，美得让人出神。她的视线从我的脸缓缓下移，从她湿润的唇瓣中发出叹息般的声音。

"你……"

我？

"空鱼，你平常应该多吃点有营养的东西补补身体喽！"

我的世界停滞了，从不好的意义上说。

我呆呆地望着鸟子，胸中的怒意不断升腾。

你这家伙，在这种情况下……偏偏说这样的话！

说起来，这家伙白天也一直在偷偷瞟我，总觉得视线一直停留在我胸部。原来这不是我的错觉。

明明我拼了命不去看你。

我觉得自己受到了嘲讽，你这家伙！

我即将发出和鸟子相识以来，音量最大的一声怒吼，但就在这时，另一个人影闯入了视线。就在鸟子身后，温泉瀑布前面不知什么时候站了一个人。

察觉到我的视线，鸟子也转过头去。

"啊……有人啊。"她有些尴尬地说。我用手挡住胸口，恶狠狠地瞪了她的侧脸一眼。没人的话你也不能这么伤害我的自尊心啊？你这个坏蛋金发女。

"嗯？总觉得……是不是有点不对？"鸟子皱起了眉头。

哪里不对？你可别想蒙混过关。

"那个人，都不动的。"

"咦？"

我再次越过鸟子向那边看去。正如她所言，因为那个人没穿衣服，我还以为肯定是客人，但那个人并没有进任何一个汤池，就保持着走到一半的姿势僵在那里。

下一个瞬间，我不由得从池子里站了起来。

"那不是人。"

"咦？"

"是人体模特。"

鸟子也站了起来。皮肤上传来阵阵凉意，分不清到底是夜风吹的，还是被吓的。石板路上放着的，很明显是个塑料人体模特。

"这里不对劲，我们走。"

鸟子也面色僵硬地点点头。我们出了温泉，顾不得身上还滴着水，快步从外汤走回内汤。

完了完了，这个时候和"里世界"产生接触真是最糟糕的情况。我们俩现在别说赤手空拳了，根本就是一丝不挂的状态。这可不是闹着玩的。

"呜……"

打开通往内汤的门，我们发出一声呻吟。

浴场和浴缸里的人也都变成了人体模特。有坐在塑料椅子上洗头的人体模特，有躺在按摩浴缸里望着天花板的人体模特。就在我们刚才看到的地方，保持着我们刚才看到的姿势。又或许从一开始那些就都不是人，只是我们没注意到而已。

我们跑过内汤，打开更衣室的门，迎面而来的是吹风机的声音。刚才坐在盥洗台前吹头发的女性也还保持着一样的姿势，她也是人体模特。吹风机一直对着同一个地方吹，模特的侧头部已经变得焦黑。

我们打开存包柜，迅速擦干身子穿上了浴衣，生怕那个人体模特会突然回过头来。

"走吧！"

"嗯。"

出了更衣室，我们飞快地跑回了大堂。黑暗中，看到前台被照得明亮，我不由得松了口气。

但下一秒，我就知道自己想错了。我们这么吵吵嚷嚷地跑进来，柜台后背朝着我们的服务员却头也不回，不用看就知道那也是个人体模特。

我们正打算回房间，却蓦然停下了脚步。漆黑的走廊尽头，紧急通道的指示灯闪着绿光，照出了一个人影，是一个男性人体模特。他的手臂举在身体两侧，紧缩成 W 状，正直直地盯着我们。身上穿着运动衫，戴着鸭舌帽。

是我的眼睛逐渐适应了黑暗吗，还是人体模特在慢慢靠近呢？那张模特独有的精致面孔正变得越来越清晰。

我们俩的枪都放在房间里了，要回去只能朝着那个人体模特方向前进。

不对，等一下。

我试着回忆旅馆的内部平面图。虽然因为扩建地形变得有些复杂，但只要绕个路，应该可以从其他途径回房间。

"鸟子，走这边！"

我抓住鸟子的手，顺着大厅的另一条走廊跑去。

走廊很快成了向下的楼梯，下面那一层似乎都是些大和室，长长的走廊两侧是无穷无尽的拉门。

拐过一个弯时,眼前赫然出现一只熊的标本,吓得我和鸟子跳了起来。这家伙刚刚不是还在大厅里吗?!

我们从一动不动的标本旁边钻过继续前进,前路的拐角和拉门缝隙间时有长尾雉和鹿标本窥视着我们,每次都吓得我们肝胆俱裂。旅馆里一片寂静,只有我们俩的脚步声不断回响。终于来到了另一条楼梯。从上方传来许多人的笑声,以及觥筹交错的声音。是宴会!

终于听见了人发出的声音,我们松了口气,对视了一眼。大半夜的还在吵吵闹闹,平时只会让人觉得生气,只有这次我想夸一句:干得漂亮。

我们上了楼,映入眼帘的是并排放着的无数双拖鞋。走廊很短,前面就是尽头了,那里有一扇没关严的拉门,灯光和声响从缝隙中透了过来。

就在这时,缝隙里伸出一只手,把门关紧了。

"哎,等一下。"

鸟子脱口而出,伸手扒住了门。我也没能阻止她。我们俩都太需要听到正常人的声音了。尽管知道突然闯进房间显得很可疑,但我们还是想看正常人喝酒作乐的场景。

然而就在鸟子拉开拉门的一瞬间,所有声音和亮光都消失了。

"怎么会?"我茫然地嘀咕了一句。

我们以为正在宴饮的那个和室里黑漆漆的,只有几十个人体模特零零散散地立在那里。

"空鱼，后面！"鸟子指着我们来时的方向警告道。

我转过头，只见我们刚走过的楼梯上站着那个戴帽子的人体模特，现在只能看到鼻子往上的地方。

要被追上了！想逃走只能进那个和室，我们心惊胆战地穿行在稀稀拉拉摆放在各处的人体模特中间，走到和室另一头，墙上又是一扇拉门。

那后面也是一个昏暗的和室，榻榻米上只散落着几只人体模特的手臂。不知道为什么，旁边还堆着些洗过叠好的衣物，一个女性模特趴在地上。我们踢开那些手臂向前跑去。

打开下一扇拉门，出现了一个身着浴衣的男人背影。他盘着腿，背对着我们坐着。男人面前放着一台老式的显像管电视，我们一进来，电视的屏幕就亮了。闪烁的蓝色光芒映照着一动不动的男人和我们。

我立即用右眼看向电视屏幕，看到了笼罩其上的银色的雾霭后叫道："鸟子！去摸那台电视！"

鸟子马上理解了我说的话。黑暗中，那只透明的手移动着，带着残影碰到了蓝色的屏幕。那只手握紧了拳头用力一抡，银色的雾霭便像水花般四下迸溅。

脚下的榻榻米突然消失，我和鸟子向下坠去。在无穷无尽的黑暗中，我们手牵着手，尖叫着下落。

9

"呜哇啊啊啊？！"

我和鸟子同时从被子里跳了起来。

"呜哇怎么了？！"

小樱坐在走廊放着的椅子上，惊愕地抬起头看着我们。

"咦……咦？"

现在是早上。纸拉门大开着，明亮的阳光洒满了房间。

"早。"小樱挖苦地说。

"早……早啊。"

"早……上好。"

"你们俩都做噩梦了？"

我和鸟子带着慌乱的表情对望了一眼。

梦？那怎么可能？记忆是完全连贯的。我们俩深夜醒来，去了温泉，遇到人体模特仓皇逃跑……不对，还是说从一开始就是梦？从我们半夜醒来时就是梦？

混乱中，我突然发现鸟子的视线正看着某处。沿着她的视线，我看向自己凌乱的衣领，想起自己浴衣下面什么也没穿。那果然不是梦！从更衣室逃出来时太过匆忙，我是直接穿上的浴衣。

我伸手拢住衣领挡住露出的部分，瞪了鸟子一眼。她若无其事地移开了目光。喂,你这闷骚金发女,你那句史上最糟糕发言我可是还记着呢!

可是……如果那不是梦,我们又是怎么回到被子里来的呢?

小樱打着呵欠站了起来。

"哎呀,好久没睡得这么香了。是我小看了啤酒,喝了不少呢。也不记得什么时候上的床。"她用力揉着我的头发继续说道,"你俩头发都乱七八糟的,是湿着头发就睡了吗?时间刚好,我们去泡个早上的温泉吧。"

"好……好的。"

我条件反射地答应了,转念一想不对,怎么又泡温泉?感觉像刚刚才泡完的一样。

但身上也的确又变得汗津津的,我和鸟子的头发都乱得像鸡窝。正常来说肯定是该泡一泡。

话虽如此啊……

小樱没察觉到我们的犹豫,收拾好洗漱用品心情颇好地说:"来之前我还觉得住一晚就够了,还好定了两晚。今天你们什么打算?悠闲地混一天也不错,不过我觉得在附近玩玩也挺好的。"

算了,别的不说,小樱高兴就好。起码有一个人没体会到我和鸟子经历的恐怖。被我们硬拉过来,还要让她经历恐怖体验也太对不起人家了。

不过,在有了那种经历之后,还要在这里住一晚上吗?真的、假的？

"哇，这什么啊？"

小樱拉开拉门后惊叫一声。我和鸟子从后面一看，也倒吸了一口凉气。

在房间外面的走廊里放着无数双鞋尖朝里的拖鞋，就好像昨晚有许多人前来拜访过一样。

Otherside Picnic

档案15
里世界夜行

1

十一月下旬的考试周结束后，我终于可以去取改造完毕的AP-1了。

再次把AP-1搬回小樱房子后，夏妃向我和鸟子做了说明。

"只换发动机还是不够，所以我把行驶系统什么的都换了。去找了联合收割机的废旧零件，把整个履带移植过来……第一次做这种真是累死我了。"

"真的哎，感觉结实了不少。看上去战斗力很强。"

鸟子蹲在AP-1旁边注视着厚厚的橡胶履带赞叹不已。

"那当然强了。安装了活动轮，履带能根据地形产生相应的变化，在崎岖地形行驶应该也会轻松很多。"

穿着连体工作服的市川夏妃双手叉腰，挺起胸膛，口气虽然生硬但充满了自豪。

"之前是汽油发动机，我换成了柴油的。水冷四轮加三个排气筒，所以燃料也要换成轻油，别弄错了。"

"知道了。"

我点点头,观察着焕然一新的车体各处。之前的发动机在车体右侧履带上,盖着白色的外壳,现在取而代之的是一个比它大一圈的发动机,连接着左右的履带。因为不用在烟草田的田垄上劳作,夏妃把车体下方的空间用来安放发动机,这样重心不至于偏离。

"速度能达到多少呢?"

我抬起头问。本来之所以拜托夏妃帮忙改造,就是因为 AP-1 的最高时速只有 3 公里,实在是太慢了。

"一般速度是时速 10 公里,最高可以到 15 公里。"

"就这点吗?"

我下意识地问道,夏妃露出了恼火的神情。

"先说好,万一发生碰撞,10 公里是能轻松制动的速度。这辆车又没有安全带,座位还这么小。"

"啊,原来如此。"

"就是这样。这车车体很轻,真要提速的话,用这个发动机三四十公里也不是问题。但你们不是要在公路上开吧?那还是死了这条心比较好。"

"10 公里大概有多快啊?"鸟子站起来问。

"跟女士自行车差不多吧。"

"啊,那个速度啊。"

"这可是土路上的时速 10 公里哦。"

"哇,那还挺厉害的!"鸟子惊讶地说。

终于得到了满意的评价，夏妃自豪地耸起肩。

"那……附加费用是多少？"我小心翼翼地问。

她皱着眉头思索了片刻。

"10万日元就够了，只算你材料费。"

"咦，够吗？"

"嗯，一开始我也是那么说的。"

不不不，这绝对会亏的吧。作为帮忙解决了猿拔女事件的谢礼，夏妃答应不收工本费，但进行了这么大规模的改造，只付这么点钱还是让我良心有些过不去。

我正犹豫着，鸟子坐到 AP-1 左侧的座位上说："我也出钱，和空鱼出一样多。翻倍的话是不是多少能补上些？"

"说实话，那真是太感谢了。"

"那就这么决定了。"

"谢了。"

我正要和夏妃提加钱的事，也没想过让鸟子出钱，她的举动让我有些疑惑。

"可以吗？"

"当然，这是我们俩的车嘛。"

鸟子说着微微一笑。

这时夏妃绷着脸插了一句："说得没错。自己的车麻烦自己修，如果是坏得一塌糊涂，倒是可以送到我家来，但如果在复杂地形开的话，估计会有许多小故障……"

之后夏妃教了我们发生故障时的处理方法，我和鸟子乖乖听着。虽然一边听一边记了笔记，但"表世界"写的字在"里世界"是读不懂的，只能尽可能地用脑子记下。或许是因为我们过于认真，夏妃反而显得有些迷惑。毕竟要是AP-1在"里世界"坏掉了，那可是攸关性命的大事。

"话说，我能问一下吗？你们把车改成这样……是要在哪里开？"说明结束后，夏妃坐回卡车的驾驶座上有些奇怪地问道。

"去个好地方。不会有人来，也不会给其他人添麻烦。"

"这样啊，小众景点之类的吗？"

"算是吧。"

"原来如此。注意安全哦，可能会有熊出没，熊的速度可比这车要快。"

目送着市川汽车维修厂的卡车远去，我和鸟子对视了一眼。

"她说有熊。"

"我可不想碰见熊。"

"毕竟我的眼睛和鸟子的手都对熊没用。"

"空鱼的眼睛可以一试吧？"

"就算有效果，那也只是让'普通熊'升级成'发狂熊'罢了。"

我坐到AP-1右边的座位上，再次发动了车辆。

先是马达"嗒嗒"地转起来，发动机发出"嗡嗡"声，紧接着冒出了白烟，传来轻快的嗡鸣。因为搭载了新的消声器，AP-1比原先的汽油发动机要更安静些。

"那我们去试驾一会儿吧。"

"走走走！"

我们把新的AP-1从鸟子打开的"门"开进了"里世界"。

没有人来，也不会给别人添麻烦，这里是我们的游乐园。

2

出了"门"，我们马上在附近开始了AP-1的试驾。

上坡，下坡，在草地上转圈圈。试完一系列操作，我把AP-1停在"门"边上熄了火。周围回归寂静，这时鸟子有些担忧地说："这个椅子得改改吧。"

"确实……感觉屁股都要震碎了……"

坐着坚硬的塑料椅，驰骋在凹凸不平的地面上，让我深刻意识到了柔软的屁股里还隐藏着又硬又尖的坐骨这件事。夏妃说得没错，以3公里的时速前进时，我们只会感觉有些摇晃，而一旦速度提高到了10公里，感受就截然不同了。

"总之先去买个靠枕吧。"我下了车，伸展着酸痛的腰说。

"去汽车用品店买吗？"

"能行吗？这座位相比汽车要小得多。"

"买个坐垫什么的也行……先去找找有没有能用得上的吧。"

总之，这样我们就有了长途出行的交通工具。我们把 AP-1 留在原地，揉着屁股离开了"里世界"。

之后的那三周，又买了很多东西，做了一番准备。大型摩托用的座椅靠垫总算解决了椅子太硬的问题。市面上有售用于长途旅行的啫喱靠枕，我们买了绑带式的，好不容易把它固定在了椅子上。包括那些贪便宜买来却派不上用场的靠枕，总共花了快 3 万日元，让我非常心疼。

之前我们也提到过，要是"门"附近能有个车库放 AP-1 就好了，没想到这个想法轻易就实现了。我们买了组装式的简易车库，两个人也能把它搭起来。

说起来容易，但光买它就花了 4 万日元左右。再加上梯子、撬棍和铲子、锤子等必备工具，金额一口气暴增到 5 万日元。而且组装这个车库也花了很大一番力气。

首先是事前准备，我们在"门"附近找了个平坦的地方，把那边的草全部割掉，连根拔起。

然后从小樱房子里拿来网购的一大箱简易车库组装材料，经由"门"搬到"里世界"再打开。用卷尺和曲尺精准地量出需要的尺寸，在地上画线，并在四角处挖洞把金属管深深地埋进地里。要注意左右的长边必须平行，然后装好相连的管子。为了不让铁管滑脱，还要用锤子把金属管敲瘪一点。这些已经相当令人疲惫了。

左右两边平行的底座搭好后，要开始装垂直的管子了。我负责把金属管直直地立起来，鸟子在上面用锤子敲击夹板进行固定。左边四根，右边四根，和一开始搭的方形合起来共有十二根金属管，高度全都在同一水平。

接下来要搭好架在上面的拱顶，并与左右两边的支柱相连。按这个简易车库的设计，是让支柱产生略微的倾斜，用张力固定住拱顶，所以注定是份力气活。两个人来做是相当辛苦的。在搭第一片拱顶的时候，我们尝试了很多遍还是没能成功，经过讨论觉得可能是哪里弄错了，还为了在Youtube看搭建简易车库的视频而回了一次"表世界"。

总算把六片拱顶连了起来，并把横梁穿过了两侧和天花板中心，我们俩喜出望外。车库的骨架总算完成了，最后只要把前后和上面的围布盖好，用桩子和绳子固定住，我们的车库就完成了。

早上十点集合时，我们还抱着"中午应该就能做完"的天真想法，结果大错特错，花了一整天才完成。总之，这样一来，我们宝贵的AP-1就不用遭受风吹雨打了。那天喝的啤酒也是格外美味。

之后，我们还买了库房。

AP-1有一定的宽度和高度，所以我们不得不买了厢型小汽车用的大车库，但相对而言它的长度很短，车库里还有一些空间。所以我们决定把最里面的地方当成库房。

打算网购时才发现，小仓库的价格都不止两三万日元，这让我着实有些震惊。

"好贵……咦？真的这么贵吗？这不就是个库房吗？虽然这么说不太好。"

"买必需品就不要心疼钱啦。本来就是在室外用的，要是漏水生锈不是很可怕吗？"

"话虽如此，我还以为只要6000日元左右呢。"

"那你也太看不起库房了。"

因为不含组装和工本费，这个价格已经是相对较低的了，也就是说，一般情况下买库房是会有工人来帮忙安装的。但我们只能两人自己装。

在我们吃力地把垫在下面的水泥砖从"门"那边搬过来时，鸟子说："这种时候要是把茜理喊来，她应该会很乐意帮忙吧！"

"不行。"

"我就知道你会这么说。"

"不能拜托其他人，只能我和你来做。还有，这件事绝对不能告诉她。"

"知道了知道了，别生气嘛。"

"我没生气。"

我们把沉甸甸的铁板搬进车库，挥汗如雨地进行组装，总算是搭好了库房。果然就两个人来做还是太危险了，组装过程中我一直在担心会不会被划伤，会不会把顶篷划破等。

我们大汗淋漓地出了车库，筋疲力尽地倒在草堆上。

拂过脸颊的风带着些凉意，我有些恍惚，这时鸟子轻声说："早知道就先在开阔的地方建好库房，然后再在外面搭车库了……"

"我知道的……别说了……"

之后，我们把组装车库时一直丢在地上的工具放进库房，疲惫地回到了"表世界"。

"哈，浑身黏糊糊的，洗澡、洗澡！"

"鸟子你先去洗吧。"

"不一起洗吗？"

"不了不了，您先请。"

"为什么啊？"

我装作没看到鸟子受伤的目光。自从去泡温泉以来，鸟子有时就会说出这种话。明明之前那么讨厌和别人一起洗澡的，这是怎么了？虽然我也不是不能和你一起洗，但这种邀请方式真的很可疑，好吗？脱了衣服之后肯定又会被目不转睛地盯着看。

在屡次出入"门"的过程中，不知不觉间在小樱房子里冲澡已经成了惯例。小樱一开始很不情愿，但我们每次去都不忘带上伴手礼，她的态度也软化了些，让我们想用就用。

"我这可不是被伴手礼迷了眼，是对你们学会为人处事感到欣慰。"

这是小樱在收下来自池袋地下商场的精致饼干时的说法。

"也就是说，你不要伴手礼了吗？"

鸟子还是一如既往地说出了多余的话，没能逃过本来可以避免的一顿教训。

冲完澡之后和小樱三人一起吃饭的次数也增加了。但并没有做饭，而是点披萨或者中华料理之类的外卖。很多时候，我们还会顺路在便利店里买几瓶冰啤酒或 Chu-Hi 气泡酒放在冰箱里一起喝。不过因为我和鸟子要赶末班车回家，也不会喝很多。

小樱家那曾经空空荡荡、冷冷清清的餐厨一体式房间逐渐变得有些杂乱，有了生活气息，又或许只是变脏了而已。

喝酒的时候，小樱经常会说起温泉的事。

"之前去的那里真不错啊。饭菜也很好吃，偶尔悠闲地泡泡温泉也有好处。"

"是……是啊。"

"虽然我对温泉旅馆完全没兴趣，如果是上次那样的，回头还可以再去。去同一家也行，试试其他旅馆也可以。"

"对……对啊。"

每当提及这个话题，我和鸟子都含糊其词。

现在小樱仍然不知道我们深夜从露天温泉回房间时遇到诡异的人体模特的事。两晚的旅行第一晚就遇到那种事，之后我们一直处于戒备状态。好在之后没有再发生什么怪事，只有小樱一个人真正地享受了温泉之旅。反正这趟旅行的目的已经达到，也没有殃及小樱，我觉得还蛮好的。但一想到可能还会再发生些什么……

另一个原因，就是我和鸟子之间的问题。

在温泉里两人独处，肩膀挨着肩膀时，当时的我们气氛都有点怪怪的。

不对，是鸟子怪怪的，不是我。这点要说清楚。

"我好喜欢你呀，空鱼。"

"哎呀，谢谢，我好高兴。"

"你看起来发育得不是很好啊，空鱼。"

慢着。

鸟子一边看着我一边说出这句话时，我受到了极大的惊吓。没想到会从她口中听到那么直接的话语。

不过算了，我现在也不像初遇时一样，把鸟子当成完美的超人了。虽然她看上去是个毫无破绽的美女，但其实非常随性，害羞时会"嘿嘿"傻笑，烦恼时会进入"宕机模式"，很丢脸的。

可就算是这样，那也有点过了吧？

我之前都极力控制住自己不要去看鸟子的裸体。因为她的身材很完美，看着看着，我就会觉得很自卑。然而鸟子目不转睛地、毫不客气地盯着我。

越想越觉得日本公共浴场的这个风俗不正常。为什么能裸体进去啊？不奇怪吗？因为都是同性，被看了也无所谓？这合理吗？总觉得……这个理由不能成立啊？

想到自己之前和鸟子两人全裸着嬉闹，我就有些愣怔。为什么我当时能做出那种事啊？

令人恼火的是，鸟子并不像我一样对当时的事耿耿于怀。别说耿耿于怀了，她似乎并没有意识到我内心的想法，还想在一起洗澡，被我拒绝了也毫不气馁。脸皮真厚。看她的态度，简直就像我毫不在意自己的身材一样。

不，这一点让我感到不安。

是不是我无意间向她发出了这样的信号？所以，鸟子才会觉得我们之间的友情已经到了可以一起洗澡的程度？

可要这么说的话，鸟子产生这种认知似乎也不是从那天开始的。从她在更衣室频频偷瞄我的时候，不对，从决定去温泉旅行的那一刻，说不定在更早之前就已经开始了。回想一下……对了，在那霸过夜的时候，为什么那家伙会浑身光溜溜地睡觉啊？醉了吗？仅此而已？

我的思绪从鸟子裸睡的情景中逃离，开始在过去的回忆里逡巡。

在冲绳的时候，鸟子对我那件土气的泳衣大加赞赏，而被我夸奖的时候又面红耳赤，害羞得令我都被传染了。

她有母亲，和妈妈。

她生长在两位母亲组成的家庭中。

后来变成了一个人。

眷恋着闰间冴月。

又变成了一个人。

……

每次往下想，都需要相当大的勇气。

莫非，我在鸟子心中的地位，比我想象中的更重要？

我喜欢你，空鱼。

我也喜欢你，鸟子。

我确实这么说了，不假思索地。

是因为那句话吧？听了那句话，鸟子一下子变得很激动。

当时的鸟子紧紧握着我的手，力道大得让人生疼，她用探究的目光望着我——这幅景象鲜明地刻在我脑中。

后来因为人体模特的出现，我们一时间把这些抛在了脑后，但如果没被打断的话，之后会发生什么呢？

每当想到这里，我的思绪便会戛然而止。

我有些害怕。

害怕鸟子吗？

不……不是的。

我不害怕鸟子。她是我重要的，独一无二的搭档。

我之所以会害怕，是因为不知道自己是否可以回应鸟子的期待，或许在她心中，我们早已不是朋友关系了，她应该是把我当作家人了吧。无论是怎样恐怖的地方，她都陪着我去，无论何时都在我身边。当这个值得信赖的女子更进一步向我靠近时，我该用什么样的态度去对待她呢——我心里没有答案。

对这种强烈情感的反馈，我也没有经验。因为我一直都是孤身一人。

我现在就像回到了一无所知的孩童时代。

原来如此,是这样啊。

望着身旁笑得天真烂漫的鸟子,我有些心虚,同时我也发现了。

原来,我还是个孩子。

3

为了逃避烦恼,我专心致志地做着探险的准备。

我泡在户外用品店里,精心挑选帐篷、睡袋和生火的工具等,一点点把它们都买齐了。

我没有真正的露营经验,准确来说,只是曾非法侵入废墟并在里面非法居住过罢了。鸟子的露营经验也停留在孩童时期,其实我们俩都是初学者,买道具也需要慢慢摸索。

我正蹲着研究店里摆着小刀的玻璃柜,这时,身边的鸟子有些担忧地问:"你一脸想不开地看着刀,没事吧?"

"我在想是不是买把刀会好点。"

我也看了好几本野营入门的书籍和杂志,基本在后半部分都有小刀的用法专栏,写着"要买一把锋利的小刀"之类的。看看看着,就觉得刀可能是必需物品。

鸟子站在我旁边把脸凑近玻璃柜。

"哎，这个好帅啊，用陨铁做的，就是陨石上的铁。"

"太……太贵了吧。"

"这个价格还是买得起的哦。"

"那是因为你本来花钱就多。"

"嗯，不过我其实是想要一把小刀的，又能当武器。"

"武器……"

我试着想象了一下自己挥舞着玻璃柜里的刀的样子。不不不，这是要和谁打架啊？虽然有这只右眼，但确实能砍到"里世界"的怪物。

回想起被闻间冴月扯住头发时，自己灵机一动割断头发逃走的事，我也不能断言这都是无稽之谈了。当时很幸运，碰巧带着从邪教信徒那里缴获的小刀，但如果我赤手空拳的话，会变成什么样呢？

不过自己这个普通人带着小刀当武器，跑来跑去还是不太现实。我放弃了，从柜子旁站起身来。

"对我来说可能不太行。就算用来防身，慌乱中拔出小刀可能会把自己的手割伤。"

"那如果是再大点儿的呢？"

"你是说长刀之类的？"

"不是那种，是更实用的。在穿过树丛，或者是走在野草繁茂的地方时，你不会想'唰唰'几下把那些都砍掉吗？"鸟子做出劈砍的动作说道。

"啊，柴刀之类的对吧？"

"没错。"

在搭建简易车库时，我们也聊过这个话题。因为用手拔草效率太低，我们专门买了镰刀。我们戴着园艺手套，拿着镰刀从"里世界"回来时，刚好被小樱撞见，她还让我们顺便把庭院也修整一下。

"带着柴刀走得动吗？太重会累死吧。"

"我们有 AP-1，平时只要放在上面就行了。当武器其实是半开玩笑说的啦，但砍柴什么的，应该能派上用场吧？"

"嗯，确实有把刀会方便很多，先保留这个提议吧，毕竟要买的东西还有很多。"

"好。"

鸟子像小孩子似的乖乖应了一声，我不由得用余光狠狠瞪了她一眼。这家伙都不知道人家在想什么，真是轻松自在。

"然后呢，生火的事怎么样了？我觉得买个炉子就好了。"

鸟子的问题让我回过神来。

"嗯，我还打算买喷枪，不过炉子是最简便的。"

本来我们的探险装备里就有防水火柴，但我们一致认为需要更简单且可行性高的生火方式。希望别在"里世界"还没生起火天色就暗了。除了补充防水火柴之外，我还买了镁棒加铁制打火石组成的点火套装。总之，现代版火石既然都买了，我打算带过去作为最终底牌，但主力还是煤气炉，和炉灶用的储气罐一起使用，哪怕是湿的柴火也能强行点着。

为了完成我们个人的课题，十足的火力是肯定需要的，所谓的课题指的就是在"里世界"过夜。

此前我们一直在尽可能地避开"里世界"的夜晚，除了那几次突然在晚上被丢进"里世界"，原则上我们一直严守门禁，像小学生一样白天早早出门，天黑前就离开。因为这里的夜晚很可怕——白天明亮而空荡荡的"里世界"，到了晚上就充满诡异的气息和声音。据说闰间冴月还没变成怪物前曾再三叮嘱鸟子和小樱"里世界"的夜晚很危险。从我们的亲身体验来看，这句话并没有错。

但其实，在"里世界"过夜并非不可能。除了闰间冴月自己，之前被关在如月车站的白马营士兵中虽然出现了发疯的人和第四类接触者，但还是在"里世界"生存了很长时间。

肋户也是如此。他曾说过自己为了寻找失踪的太太，在"里世界"待了十几天。

也就是说，哪怕在"里世界"待到晚上，也并不是一定会死。起码不会马上就死……

只能在白天活动给我们的探险造成了很大的障碍，最重要的就是无法进行长途旅行，只能在已知的"门"附近活动，我已经对这一点不爽很久了。以前只能徒步，还可以忍耐，如今 AP-1 的速度得到了提升，续航距离变长，为了拓宽探索范围，我们只能挑战"里世界"的夜晚了。这些野营的工具和火种都是为此准备的。

在十二月中下旬，一个星期五的晚上，我们终于开始进行最后的演习。

我们从小樱家的玄关前进入"里世界",并把帐篷设在了"门"的前面,这样有什么突发情况时,就能马上逃跑。这个帐篷是双人尺寸,红色,看上去精致可爱。买帐篷时鸟子更倾向于隐蔽性强的绿色,或是选择更显眼的颜色,比如雨衣一样的黄色、荧光绿等,但我还是坚持买了红色。

"总觉得东不成西不就的,也不是迷彩,万一遇难了这个颜色也不显眼。"

"但很可爱嘛,我喜欢这个。"

我在商品目录里看了照片之后,又去店里看了实物,完全被它迷倒了。见我这样,鸟子有些无语。

"空鱼,你也太喜欢可爱的东西了……"

"嗯?真的吗?我觉得很正常啊。"

我们在帐篷外堆起炭火和木柴,用喷枪点着。炭火被喷出的火舌猛烈地炙烤着变得通红,木柴也烧了起来。

"成功了!"

我们松了口气,击掌相视一笑。

两人挨着坐在帐篷入口处,等待太阳下山。眼见着西面的天空逐渐从群山处染上暮色,又逐渐变成紫色。

紫色眨眼间就变成了深邃的蓝,这蓝色几近漆黑,我在"表世界"从来没见过。记得上次在世界尽头的海边,夜幕降临时,也曾见过这样的蓝色。

太阳落山了。

我们注视着天空,"里世界"的夜晚到来了。

之前草原里只能听见风声和草叶摇曳的微响,现在却充斥着生物蠢动的气息。草丛根部有什么在沙沙穿行;远处传来不知是鸟鸣还是人说话的声音;风中夹杂着含混的窃窃私语;还有像是耳鸣又像是收音机杂音一样微弱的电波干扰声……

"差不多该走了。"

"嗯。"

我们站起身,环顾着夜色中的草原。运气好的话应该能看见设置好的"旗帜"。

"鸟子,怎么样?"

"嗯……看不见。要去小山上看看吗?"

"虽然我不想离'门'太远,但也没有其他选择了。"

"要是情况不对,我们就马上逃走。"

"OK,走吧。"

我们一边警惕着附近,一边爬上位于"门"东边的山丘。只要远离帐篷和篝火,心中就充满了不安。好在坡面上没有变异点,我们借着星光穿行在草丛中。

很快就到了山顶,视野一下子变得开阔。我们再次凝神观察四周,星空下,群山的轮廓和树木的枝丫都成了黑魆魆的剪影。

先找到"旗帜"的是鸟子。

"有了,是不是那个?"

我顺着她指的方向看去,远处,黑暗中有一道光线直直指向天空。那是我们竖在那里的"旗帜"。

"太好了,在这个距离能看见。"

"能分清方向吗?"

我低头看向涂了荧光涂料、发着绿光的罗盘,指针颤颤巍巍地指向了……

"大致是……西北方向吧。"

"我们还没去过这个方向吧?"

"没有。"

"那?"

我迎上鸟子的目光,点点头。

"那我们的第一个目标就定那里,OK?"

"OK."

我们进行了一番讨论,决定了这次长途探险的目的地。漫无目的地前进,遇难的可能性太高了,所以我们决定朝着另一个"门"走,这样在无法折返时,起码能保证有个逃生的出口。

所以,我们选择了"牧场"。

在牧场发现的好几个"门"里有几处通往我们没去过的地方。我们打算在其中选择相对安全的,在那里高高竖起旗帜,以便从远处发现它。之后再从小樱家或是神保町的"门"进入"里世界",寻找视线范围内的旗帜,朝着它前进,这就是我们的作战计划。

一开始我们想做真正的旗子,竖一根那种活动会场或店门前常见的塑料伸缩杆,在顶端系上旗子,这样成本也很低。但这种杆子最多只能抻到三米长,计划失败。三米还是太低了。

之后我们也考虑过用挂鲤鱼旗的杆,目标比较大,从远处更容易辨识,或者干脆就挂个鲤鱼旗,显眼一点算了。虽然是个好点子,但因为价格高、安装繁琐,最后还是没采用。

虽然市面上的确有大型支撑杆,但价格都在10万日元以上,想要固定在地面上还需要一个台子,为了把杆子插进去还得挖一个深坑,实在是太麻烦了。我们得一一试过每一处"门",立好杆子后如果不在视线范围内就要换下一处,不可能每次都这么操作一遍。

所以我们想到了利用"光"。用探照灯的话在远处也能看见,也不用担心风把旗子吹倒。本来还担心探照灯会不会太贵,搜了一下发现竟然在我们的预算之内。

小型的手提探照灯只要1.6万日元。24伏的便携电池需要3万日元。

虽然还是挺贵的,不过万一用不上,还能在探险时候派上用场,我咬咬牙买下了它。接上价格约2000日元的定时开关,就能让它在太阳下山时自动打开。

我们从"牧场"的"门"进了"里世界",安装好探照灯。一开始选的是"里世界"的某处河畔，这里视野开阔，没有障碍物。河边堆着大石头，有的很平坦像张桌子，我们便爬上去，把探照灯头朝上固定住。

设置好定时开关后，我们从"里世界"回到"牧场"，从"圆洞"直接来到溜池山王的DS研大厦，之后又花了近一个小时回石神井公园，从小樱家里的"门"再次前往"里世界"。

来来回回实在是麻烦，幸运的是，第一次尝试就成功了。DS研离神保町更近，在骨架大楼屋顶上视野也更好，想找探照灯的光最好是去神保町，但这次我们还要进行夜间野营演习，小樱家的"门"是最合适的。

在我们望着那道光柱时，从远处的某个地方传来野鸡似的尖利鸣叫，响了三次。一阵东风吹过，脚下的野草像发丝般摇曳着。

"我们回去吧。"

听我这么说，鸟子伸手拢住长发，点了点头。

我们快步下了山丘，回到帐篷旁，在篝火附近站定。火焰散发的热量让人感到安心；而另一方面，火光外的黑暗变得更加浓重，令人害怕。

我们穿着鞋进了帐篷，拉上拉链后帐篷里一片漆黑。我摸索着打开LED提灯，白光充满了帐篷。

地上铺着隔热毯，上面并排放着我们俩的睡袋。为了能随时应对突发事件，我们买的是侧面有拉链的信封式睡袋，商家宣称这是冬天也能用的睡袋，在上面铺上被单应该就够暖和了。

我们把充气枕头放好，这样睡觉的准备工作就完成了。

"进睡袋的时候鞋子怎么办？"这时，鸟子有些为难地问我。

"嗯……还是脱了吧，放在能立马穿上的地方。"

"好。"

我们脱下鞋放在枕头旁，穿着衣服钻进了睡袋里。关掉LED提灯后，帐篷里又陷入了黑暗。隔着帐篷，借着外面篝火的火光能隐约看到四周物体的轮廓。

"那……晚安。"我说道。

"你睡得着吗？"鸟子在旁边的睡袋里小声回答。

"睡不着也得睡啊。"

"可现在还不到晚上六点哦。"

的确，正如鸟子所言。虽然进了睡袋，但我毫无睡意。别说睡了，紧张和兴奋让我格外清醒。

我一边挪动着寻找枕头最舒适的角度，一边说道："日出而作，日落而息，人类自古以来就是这样的。"

"那是人类学会用火之前的事了吧，原始人睡得都比这晚呢。"

如果是一般的野营，可能太阳下山之后才会热闹起来。大家一起煮咖喱吃，在篝火周围唱歌，在帐篷里玩游戏，谈天说地直到困意袭来……虽然我也不太清楚。但这次可不能这样，这是我们第一次在"里世界"迎接黎明。

"只能乖乖待着了，也不知道会发生什么，要是有危险还得马上逃跑。"

"即便是这样，晚上六点前就睡觉也太夸张了。我们过会儿再睡吧？"

"开着灯吵吵嚷嚷的话，有什么奇怪的东西靠近也发现不了，不是吗？我觉得肋户大叔在'里世界'过夜时肯定是无声无息的。"

"难得能跟你两个人一起来野营，好无聊啊。"鸟子闹别扭似的说。

尽管伸手不见五指，我却好像能看见她噘着嘴的样子。和在冲绳时一样，每当身处可以嬉闹的场合却不能嬉闹时，鸟子就会很不开心。

"我们不是一直两个人在一起吗？"

"可是这是我们俩第一次来野营啊！"鸟子赌气又说了一遍。

这很重要吗？

"呃……不要大吵大闹的话，聊聊天还是可以的吧。"

"那我们来聊天吧。"

她挪动着睡袋蹭了过来。

"要静静地啊，静静地。"

"我知道啦。"鸟子压低了声音说。

她看上去十分开心，刚才的赌气仿佛是幻觉。这一点也没变，比我还像个小孩子啊！

我正想着，鸟子真的说出了小学生一样的发言。

"要是带零食过来就好了,有什么吃的吗?"

"零食的话……倒是有CalorieMate①或者糖之类的。"

"拆来吃嘛。还有茶吧,保温壶放哪儿了?"

"我记得在那边,话说,你啊,这可不是郊游。"

"没事没事。"

我们一边喝着热气腾腾的茶,一边躺着嚼本应该是干粮的零食,悄声讨论下次该买什么装备、庆功宴去哪吃等话题。聊着聊着,外头的篝火熄灭了,帐篷中陷入了真正伸手不见五指的黑暗。

我们为了听清对方的耳语,不知不觉间已经紧紧地挨在一起。隔着睡袋和被单,鸟子的腿碰到了我的腿。我不太习惯和别人有身体接触,便往后挪了一下。

鸟子被我突然的动作吓了一跳,话语也戛然而止。我们之间产生了几秒的沉默,然后她用带着笑意的声音说:"咦……怎么了?"

"没……没有。只是有点……想换个姿势。"

"啊,这样。戳痛你了?"

"没有,没事。"

有些疏离的对话结束后,鸟子又陷入了沉默。我有些焦躁,刚才自己的动作并不是因为讨厌和她挨在一起,只是不太习惯而已。

我还没来得及说什么,鸟子突然幽幽地冒出一句。

---

① 日本比较常见的能量补充食品。

"有点冷了呢。"

"咦？啊……嗯，是呢。"

这么一说，确实感觉变冷了。没有了温暖的篝火是一个原因，实际上外面的气温应该也下降了。

"这个睡袋旁边不是有拉链吗？"

"嗯？有是有。"

我没明白鸟子想表达什么。

"我在想，这两个睡袋，不是同一个型号吗？"

"嗯，因为是一起买的。"

"说不定，这两个能连起来，做成一个大的睡袋呢。"

黑暗中，躺在我身旁的女子用极为冷静沉着的声音提出了这样一个提议。

"……"

"你觉得呢？空鱼。"

"……"

"空鱼？"

我们近在咫尺，能听清对方的耳语，但我看不见鸟子说这话时的神情。明明之前在聊一些无关紧要的事时，虽然看不见，但我能轻易知道她每个表情的变化。

"可能……可以吧。"我吸了一口气，慎重地回答。

"我们试试吧？"

鸟子飞快地接过话茬，我有种被逼上绝路的感觉。

"现……现在吗？"

我努力挤出一句话，感觉到鸟子点了点头。

"两个人肯定更暖和啊。"她悄声说道。

如果是之前的我，就算有些动摇和怨言，大概也会听从鸟子的提议。但现在根本做不到了。

必须，必须说些什么。

说什么都行。明天白天再试吧，或者现在已经够暖和了，或者太麻烦了，还是不要了之类的，什么都行。

我听到自己吞口水的声音非常明显，说不定鸟子也听到了。因为在黑暗中我感到她浑身一僵。突然有些不忍心拒绝她了，最终我开口说道："好……"

"嘘！"

鸟子迅速地"嘘"了一声。

"欸？"

"嘘……仔细听。"

听了她的话，我才意识到。

有脚步声。

有什么东西从草丛中朝这边走过来了。

帐篷外传来金属和皮革摩擦的声音，我知道鸟子从枕头下拿出了马卡洛夫手枪。

"只有一个人吗？"

"好像是。"

脚步声来到帐篷附近，然后停住了。似乎能听到微弱的呼吸声，但此外没有任何声音。

过了有多久呢？突然，脚步声又响了起来。脚步改变了方向，绕着帐篷转了一圈。然后没有停下，又转了一圈……

脚步声毫不停歇。一圈又一圈，绕着帐篷周围顺时针转着。

"应该没事。"我悄声说道。

"欸？"鸟子无言以对，"你……你没开玩笑吧，空鱼？"

我点点头。

"虽然很恶心，不过不出去应该就不会加害我们。这是《山岳怪谈》里常有的怪物。"

"常有……"

"里世界"的存在试图通过恐惧让人类发狂。如月车站那些怪物的行径是最明显的，但它们通常不会直接加害于人。

不过，像猫咪忍者、取子箱这种危险的存在也确实有……起码，"绕着帐篷走的脚步声"经过一段时间的观察并没有发生变化，我认为应该是无害型的"现象"。

意识到自己竟然放下了心，我的心情有些复杂。

我知道这种类型的恐怖生物，也有办法对付它。我把手伸到枕头底下，掌心传来马卡洛夫冰冷的触感，令我安心了不少。

我拉起滑落的被单，重新盖在睡袋上。

"睡吧。"

"欸……不是吧？"

"睡觉，不去想反而更安全。睡吧。"

"谁睡得着啊……"

但因为不知道会发生什么，我还是有些紧张，心里也没底。虽然嘴上说得镇定，但也无法轻易睡着。

我在睡袋里蜷起身子，主动凑过去挨在鸟子身旁。尽管没把睡袋拉链拉在一起，但这么挨着睡总可以吧。

"晚安。"

"晚……晚安。"

鸟子也靠了过来，她的声音从我额头附近传来。

渐渐地，冰凉的身体充满了暖意。

令人惊讶的是——不知不觉间，我们俩都陷入了熟睡。这真的十分令人惊讶。

从帐篷透进来的晨光和凉飕飕的空气让我们几乎同时醒了过来。

咫尺之遥四目相对，眨了眨眼睛后，我们弹坐起来。

"早上了！"

"睡过去了！"

正要出睡袋时才发现，两人的睡袋拉链都拉开了一截，我们的手从打开的口子伸出并紧紧交握。因为长时间用力，松开时手都握痛了。

看来睡着时我们的手指也还是很灵巧。而且，想必相当害怕吧。

缩在被子里瑟瑟发抖时睡了过去，醒来后天已大亮——这也是怪谈里用烂了的套路，我事不关己地想着。或许人类就是能在意外和恐怖之中呼呼大睡的生物，又或者用昏过去更加准确。

拉开帐篷，冰凉的空气伴着晨光一同涌入。

朝阳从山丘对面照过来，虽然是"里世界"朦胧的太阳，但还是十分耀眼。

外面没有任何异常。要是真有人一整晚都绕着帐篷走，应该会留下痕迹，但这里没有足迹，也没有留下物品，什么都没有。

"撑过去了，晚上。"鸟子说。

我默默点头。

AP-1，没有问题。

帐篷，没有问题。

篝火，没有问题。

目的地，没有问题。

野营，没有问题。

这样一来，演习就全部完成了。

我们终于能正式出发去探险了。

4

初次远征，我们选在了一个年关在即的星期二，天空中有薄薄的乌云。天气预报称今天东京中心区有百分之五十的可能迎来初雪，十分寒冷。

"欸？今天过去？偏偏挑今天？"

我们出发前向小樱打了招呼，对方惊讶地皱起眉头。

"确实，听说可能会下雪，我也有点担心。"

"雪？这也是个问题啦。"

小樱瞥了一眼其中一个显示屏，画面一角的时钟显示马上要到正午了。

"东京就算下雪，也不会很大的。"

"噢噢噢，真会说。要是秋田人和加拿大人一块儿因为下雪而发生了什么意外，你后悔都来不及了。"

她接着说道："话说回来，'里世界'的雪和这边的雪可不一定一样哦，要是积起来可就麻烦了。"

"你要这么说的话，靠这边的天气预报预见'里世界'的天气也很奇怪啊。我刚才从'门'那边看了一下，四面的天空都很晴朗，应该没问题的。"

"又随随便便出入这种诡异的地方，真烦人。"

"我们也是好好准备过的,别担心。"

鸟子从旁边插了一句。

"算了,你们开心就好。"

小樱放弃了挣扎,靠着椅背。

"我们现在就走,要来送送吗?"

听我这么问,她缓缓摇了摇头。

"算了吧。做这些平常不做的事像在立 Flag 一样,我不要。"

"这样吗?"

"你们就像平常那样屁颠屁颠地出去,像平常那样回来就行了。什么时候回来?明天?"

"计划是明天。"

"了解了。"小樱把目光转回了屏幕,不再看我们一眼,"注意安全……我说真的。"

"好,那我们走了。"

"我们走啦!"

我和鸟子像往常一样走出了小樱家的玄关,钻过"门"进入"里世界"。

今天的"里世界"天空和"表世界"一样,笼罩着一层淡淡的阴霾。刮的是东北风,相当冷。确实像要下雪的样子,但空气十分干燥,就算下了也积不起来吧,我这个雪乡人是这么想的。

我们从简易车库里开出 AP-1,又从库房里拿出探险用的装备放到货斗上。叠好的帐篷、睡袋、工具箱、铲子、撬棍、防水布、绳子、瓶装水、用来做标记的一捆园艺支撑杆……把两人的双肩包和两挺步枪挂在触手可及的地方,这样一来出发的准备就做好了。

"没忘什么吧?"鸟子最后看了一眼简易车库问。

我——指着货物进行了确认。

"没有。"

"OK,我这边应该也没有。"

再次确认了前进方向之后,我们坐进了 AP-1。装上坐垫之后体验舒适多了。

发动车子,让车头对准前进的方向后,我和鸟子对视一眼。

"那……出发。"

"Go! Go!"

动力升级后的 AP-1 用橡胶履带碾过草地向前驶去。

AP-1 本来就是在田里劳作用的车辆,一旦启动,不需要踩着油门也能保持一定的速度持续前进,但这里是"里世界",地面不像农田那样平整,坑洼不平。所以我们得时刻注意前进的路况,不断调整路线,以免出了意外让自己无法回头。

此外,还要注意变异点的存在,要做的事还挺多的。我用右眼看着前方,两人向四周投掷螺丝确认安全,有时也用园艺支撑杆来当路标。因为杆子顶端粘有荧光胶带,哪怕天色变暗,用手电筒照着的时候也还是能看到的。

我们出发时大约是下午一点，最开始的一个小时稍纵即逝。按照夏妃的说明，现在应该已经前进了十公里，但我们不断绕路减速，实际上大概也就走了七八公里。

屁股被震得很痛，注意力也难以集中，所以我们停下来休息了一下。草原中孤零零地伫立着一台爬满爬山虎的老旧自动贩卖机，于是我把 AP-1 放在了那里。

熄火之后，世界回归宁静。本来声音很大的就只有 AP-1，所以当它停下时，四周更显得寂静无比。

"呼。"

"哈啊，这么走好累啊。"

我们都下了车，伸伸懒腰喝口水，休息了一会儿。

鸟子一边喝着瓶子里的水，一边把脸凑近自动贩卖机。

"好可惜，好像出故障了。"

"怎么看都不只是出故障吧，这已经是残骸了。"

不管是被藤蔓缠绕的自动贩卖机，还是发黄的塑料隔板后的饮料，都已经被太阳晒得褪色，几乎变成白色了。

"可是啊，在这种地方的自动贩卖机，要是能用的话，你不想试着买点什么吗？"

"我懂你的想法，但就算买了我也绝对不会喝的。"

"那要不就卖给小樱。啊！对了，我们带了撬棍！要不要撬开看看？"

"我用右眼看也完全没发光，大概只是个残骸而已。"

"怎么这样……"

"别这样那样的，撬开之后涌出一堆虫子可就恶心了。"

"那确实是很恶心。"

虽然有点不情愿，但鸟子还是放弃了。

我也不是对这台自动贩卖机没兴趣，但这次的目标是开拓新路线。"里世界"的草原上四处散落着这样令人在意的东西，要是停下来全部调查就会没完没了。

我盖上自己带的瓶装水的盖子，回头看了一眼来时的方向。因为不知道离目的地还有多远，我们尽可能地节省做路标用的园艺杆，视线范围内只有一根，就在草地上 AP-1 留下的车辙旁，能隐约看到黄色的标记。

"喂，空鱼，你说这条路要叫什么好？"

"嗯？叫二号线不就好了。"

"哎，起个更好听的名字嘛，一号线是第一条路，那么叫倒是没问题。"

"那鸟子你来起吧。"我嫌麻烦地说，鸟子像是吃了一惊。

"我？可以吗？"

"我也没有取名的天赋啦，你想个好点的。"

"行。"

我只是随口一说，鸟子却托着下巴认真地思考起来。不不不，也不必那么费心吧？

休息了十分钟左右，我们又开始了移动。这次我们换了座位，鸟子坐在右边的驾驶座，我坐在左边。

我发现鸟子比平时安静不少，便有些紧张地说："路的名字可以一会儿再想，给我好好看路啊。要是 AP-1 在这里撞上变异点，这条路就只能被强行叫作'血泪走神之路'了。"

"一点都不顺口啊。"

"只要能让你每次走过都悔不当初，叫什么都行。"

"空鱼你好过分啊！"

我们之后又休息了几次，每次都交换座位，就这么在草原中前进着。

每当遇到树林或者石头堆时我们就会避开，所以时常偏离原来的路线，但大致还是在跟着罗盘朝西北方向前进。

"之前移动的距离都很短，没怎么在意罗盘，现在看来，指针抖成这样真是让人担心。"鸟子瞪着摇摇晃晃的指针说，"我们是沿着指针摇摆的中点在前进的，所以路线会逐渐走偏。用探照灯虽然是个好主意，但只有在晚上能看到，好不方便哦。"

"也是，得想个白天也能用的。"

"尽可能找个高的柱子，把旗子挂上去不就好了？"

"虽说只要能从远处看见用什么都行，但杆子长度都是有限的，而且风大了可能会吹倒，但风小了旗子飘不起来，也看不到。"

"那用比鲤鱼旗旗杆更轻的怎么样?你之前不是跟我说过嘛,秋田的祭典上有用竹竿挂着一大堆灯笼的。"

"竿灯?"

"对对,就那种长长的竹竿,感觉防风性能也不错。"

"不知道买不买得到,那旗子呢?"

"在顶上绑个镜子吧。或者用镜面薄膜缠在上面也行,这样靠反光就能从远处看见了。"

我钦佩地看了得意的鸟子一眼。

"你真聪明。"

"真的?人家都害羞啦。"说着,她把头朝我靠过来,"摸摸头。"

"欸?你是狗吗?"

她突如其来的要求让我大吃一惊,不由得脱口而出。

"你要是不摸我,我就要揉你的脸了。"

"呃……"

我多此一举地四下看了一圈。没人,这是当然的。在这片即将入冬、草叶枯黄的原野上,目之所及只有我和鸟子两个人。

说实话,现在要是闰间冴月还站在旁边,某种意义上说反而让人安心。但这样一来,我只能去摸鸟子的头,或者让她揉我的脸了。

"嗯!"

鸟子晃晃脑袋催促我,真是厚脸皮。

我没有办法,只能举起手轻轻放在她金黄色的脑袋上。

"了不起，了不起。"我敷衍地摸了几下。

"好，可以了。"鸟子说。

这家伙怎么回事，口气很大的样子。

我不明所以地缩回手，鸟子迅速恢复了原来的姿势，就这么若无其事地又丢起了螺丝钉。但她的嘴角挂着满足的微笑。

我感觉自己被丢在了一边，我低头看看自己的手。这样就可以了吗？因为是隔着手套摸的，掌心残留的触感很不真切。

5

到了下午四点，太阳隐入厚重低垂的云层中，四周变暗了不少。再有一个小时，太阳就会完全落山吧。要野营的话，差不多得找地方扎帐篷了。

我们坐着AP-1下了坡，来到一片被丘陵包围的洼地。草丛间露出光秃秃的地面，地上堆满了垃圾。零食包装盒、汽水瓶等生活垃圾散落一地，中间是屏幕裂开的显像管电视、旧轮胎、贴满儿童节目角色贴纸的衣柜等大件物品。垃圾山深处闪着银光，估计那里有变异点。另外还有几处发光的，应该是垃圾中混着些不同寻常的东西。

之后再回来翻找一下吧，我们一边说着一边绕过垃圾山，当看向洼地对面，也就是我们前进的方向时，两人一齐屏住了呼吸。

前方的山脊线上有一个动物的影子，四只脚直挺挺的，外形像某种食草动物。它站在灰色的天空下，似乎在看着我们，却一动不动。

我停下了AP-1，身旁的鸟子举起望远镜观察着它。

"看得见吗？"

"看得见，大概不是活物。"

她把望远镜递给我看。

如鸟子所言。那动物别说动了，根本就是僵硬的，体表的质感也不像是活物，虽然看不出是石头还是金属，但像是无机物。是照着某种动物做的吧，是山羊吗？还是牛？头部的形状很不清晰，难以把握这个影子的特征。

"啊！"

望远镜几乎要从我手中滑落。

"空鱼？"

鸟子发现不对，惊讶地看向我的脸。我无言以对。

"空鱼，怎么了？"

"是……"

"是？"

"是'件'。"

"不是吧。"

鸟子从我手中抢过望远镜，又看了一次。

"真的。我有种不祥的预感。"她放下望远镜，看向浑身僵硬的我，体贴地说，"我先去看看情况？"

我摇了摇头。

"一起去吧。"

"好。"

鸟子拿起步枪，确认弹药充足后把枪放在膝上。我发动了AP-1，引擎声再次响起，我们开始爬坡。

来到山脊上，"件"的雕像就立在那里。这是有着小牛的身体和人脸的怪物——我以为这座雕像也长着父亲的脸，但做好心理准备靠近一看，发现它的脸做得很模糊，不像任何人。不是石像也不是铜像，而是涂层已经掉光了的塑料制品，用水泥浇筑的台子固定着，像乡下公园里的玩具。

"空鱼，你看。"

听到鸟子的呼唤，我终于把目光从"件"的雕像上移开。然后第一次看到了山脊对面的景象。

野草丛生的山坡下有一条柏油路，道路两旁装着护栏，前方地势变低，出现了河流。

"是河！"我不由得叫了出来。

如果这里和"牧场"的"门"通往的河流相连，那我们已经很接近终点了。

我们没管那座诡异的雕像，下了山坡。

来到近处，发现道路已经年久失修。裂缝里冒出一堆杂草，地上也有不少凹坑。道路沿着河畔蜿蜒地通往东北方向。

我们下了AP-1，观察周围情况。扶着护栏眺望，能看见这一侧河岸边耸立着水泥浇筑的护岸，淹没在河水当中。对岸是一片河滩，滚落着大小各异的圆形石块。水流相当湍急，上游通向东北方向。

"我们安放探照灯的地方也是河滩对吧？说不定对岸就是目的地。"鸟子一边用望远镜观察着对岸一边说。

"可能吧。要是这样，我们该从哪里过河呢？"

"方向的话，嗯，要朝哪边走呢？"

"大概朝上游走比较近吧，虽然感觉也有点远。"

我们抬头望着逐渐西沉的落日，阴云密布的天空，风也变得更刺骨了，感觉真的有可能如天气预报说的那样要下雪了。

"今天要放弃前进，在这里扎营吗？还是说……"

"赌一赌目的地就在眼前，接着前进呢？"

设置了定时的探照灯要到晚上才会亮起，我们还不知道目的地在哪个方向，离我们有多远。真是让人进退两难。

"怎么办？"

"继续前进看看吧。只搭帐篷不打地钉的话五分钟就能弄好，就算天色变暗了也能紧急避难。"没时间犹豫了，我下定决心说道。

考虑到可能出现这种情况，我们买的是外帐和内帐一体式帐篷，可以迅速搭好。当时选这个也不仅仅是因为可爱。

"理论上或许可行，但紧急情况下慌了神，可能会出现失误哦。"鸟子皱起眉头说道。

"一个人的话我是不会这么干的，但有鸟子在一旁看着我就不担心了。万一出错了你也会帮我的吧。"

听我这么说，她惊愕地眨了眨眼睛。

"你这么信任我，我是很高兴啦，但是……"

"但是？"

"知道啦，我会帮你的，交给我吧。"

"拜托啦。"

我们沿着夕阳下的河畔公路，开着 AP-1 全速前进。时速 15 公里果然不能小瞧。道路虽然年久失修，但也是柏油路，橡胶履带转动着，碾过路上的龟裂和凹坑向前驶去。虽然偶尔也有变异点的银光，但能见度很好，不用担心看漏。

走了约十分钟之后，四周的风景发生了变化。

河流两侧出现了建筑物，数量越来越多。

那是些颜色暗淡、锈迹斑斑、被野草掩盖的废墟大楼。面向河流那一面是一排排造型一致的窗户，让人联想到小区或酒店。建筑物侧面的疏散楼梯已经生锈，油漆也剥落了，还有些地方塌得惨不忍睹。

河流蜿蜒流过两岸都是废墟群的地段，折向西北方向，是我们原本的前进方向。我稍微放下心来，还有空和鸟子闲聊这片废墟值得一探，约她下次再来。

就在这时——

"空鱼，STOP！"

鸟子突然大叫一声，我连忙踩下刹车。

前方路上躺着什么东西。

"是人？"

苍白的肢体耷拉在柏油路上，看着像是个女人。我们从 AP-1 上下来，拿着枪慎重地走了过去。

不是人。

是穿着薄和服的年轻女性的躯体，脖子上长着小牛的头。它一动不动，也没有呼吸。从头到脚却栩栩如生，不仅如此，就连身上的和服也散发着奇妙的光泽。

鸟子扔过去一个螺丝，螺丝发出一声脆响弹了开来。

"这是玻璃做的。"鸟子低声说。

牛脸人身的怪物——牛女的玻璃雕像，连尸体都不是。被丢在路面上。

"这是什么？"

我也无法回答鸟子的疑问，完全莫名其妙。只是，在出现"件"的雕像之后又碰到了这个，毫无疑问，有什么已经盯上了我。

"空鱼。"

"什么事？"

"你没事吧？"

我顺着鸟子的视线低头一看，发现不知不觉间，自己正紧抱双臂不住地颤抖。我下意识地用了很大力气，意识到这一点之后也无法松开手。

好不容易松开手，我看向仍在微微颤抖的手指，这时一片薄薄的白色物体落在了掌心。

是雪。小小的雪片从深灰色的天空中簌簌飘下。没有一点水汽的干燥的雪，看上去就像一片灰烬。

一直藏在云层里的太阳这时似乎终于沉了下去。气氛一下子变了。河流不停奔涌的声音一时间似乎停止了。

风从道路右手边的山坡沙沙拂过。白昼的余晖转瞬即逝，河畔的道路眼见着变得昏暗。

与此同时，余光里瞥见有东西在发亮，我们看向左边。河流对面的西北方向升起了一道光柱。

"在那里！"是我们设置好的探照灯的光。很近！目测也就离我们一公里左右，走快点就能到。可是……

"果然在对岸。"我咬紧了牙关，"抱歉，可能还是要在这里扎营了。"

"在这里吗？"鸟子低头看向道路上躺着的玻璃雕像，喃喃道。

她迅速看了一眼道路两头，然后走近护栏探出身子，注视着上游方向。

"慢……慢着，很危险的，鸟子。"

我正要去拉她，鸟子回过头指着河流上游。

"你看那里。"

"什么？"

我照着她说的也探出身子。

河流缓缓向左拐去，在拐弯处有什么格子状的东西。在这里看不太清，但从它架在河流上方这一点来看，那是——

"桥！"

"大概是。走吧，接着前进！"

我们飞身坐上 AP-1，马上开始前进。

AP-1 远远绕开牛女的玻璃雕像，在没有街灯的路上加速飞驰。直到现在我才发现一件很重要的事：这辆车没有车头灯！

要是能平安回去，下次一定要装上灯，我在心里暗暗发誓，身旁的鸟子打开了手电筒。手电筒的光圈打在地上，能看见雪花不断飘落下来。

雪很快在地上堆了一层。灰烬一般薄薄的白色雪片覆盖了柏油路，AP-1 的履带在上面留下一道鲜明的痕迹。

西北方向的光柱突然熄灭了。都怪我为了省电，设置的发光时间太短。糟了，应该至少让它亮个一小时的。

"右边可能有点不妙，做好心理准备再看。"鸟子用紧张的声音说。

我转头看去，倒吸了一口冷气。

坡道上有好几个四足动物的影子，是"件"。这次看到的不是玩具。它们跺着蹄子，甩着尾巴，身体随着呼吸起伏……是活的。它们的脸隐在黑暗中，眼白的地方格外醒目。它们在看着我们，用人的眼睛。

"欸？！刚刚——"

鸟子的惊叫让我回过神来。她瞪圆了眼睛看着后面。

"怎么了？"

"有人……在走路。"

"欸？！"

我不由得也回过了头。身后已经一片漆黑，就连 AP-1 留下的车辙也只能看见一点点。

"什……什么样的？"

"是个女人，跟刚才的一样。"

鸟子的话一瞬间戛然而止，变成了尖叫。

"还有！"

我迅速转向前方，这次我也看见了。在护栏旁边，身穿红色和服的女人颤颤巍巍地走着。它的脚步不稳，头是长着短角的牛头。靠近时，一阵铁锈味扑鼻而来。

是牛女。

我们目瞪口呆，什么都来不及做，就这么从旁边经过。牛女的身影也迅速被黑暗吞没了。

"那……那家伙？"

"我觉得，和之前的是一样的。"

我们在混乱状态下前行着，前方左侧又出现了身穿红色和服的女人。

敞开的和服、苍白的手脚、血腥味、牛头,和刚才的牛女完全一样。

AP-1一次又一次地经过同样的女人。逐渐地,女人出现的间隔变短了。在右边山脊上俯视着我们的人脸牛身的影子似乎也增加了。

"还没到吗?!"我崩溃地叫道。

如果刚刚看见的真是桥,应该早就出现了才对。

"莫非我们已经过桥了?"

"不可能,我一直在盯着。"

鸟子说话时也没有把目光从道路左侧移开。

"空鱼你的右眼能看到什么吗?"

"我从刚才起就一直在看——但完全没变化。"

已经过了十分钟,状况没有丝毫进展。甚至可以说恶化了。我正在逐渐失去理智,我们仅靠手中的一个手电筒,在黑暗的道路上漫无目的地疾驰着。

"看来不妙了。"

时间一长,鸟子声音里的恐惧也越发强烈。糟了。我已经快疯了,要是连鸟子也中招就完了。

我拔出马卡洛夫手枪,凑近鸟子。

"空鱼?"

我把枪口对准了前方不断逼近的牛女的后背。扣动了扳机,枪口的火舌在黑暗中十分刺眼。牛女像被推了一把,朝后仰去。

我在疾驰的车上又开了一枪，子弹击中了牛头侧面。

牛女颓然倒地，消失在我们背后。

"没问题吗？"鸟子问。

我摇摇头回答："不知道。"

AP-1仍在前进。我们坐在车上，屏息注视着事态的发展。

终于，似曾相识的光景出现在前方。

路上躺着身穿红色和服的牛女。

和刚才看到的一模一样，倒地的姿势也一样。不同的是质感，这次的牛女身上没有玻璃的光泽，像尸体一样软绵绵的。

在牛女身旁，站着"件"。它低着头，舔舐着尸体身上流出的血积成的血洼。

我们能碾过去吗？这辆车马力够吗？这个想法一瞬间掠过脑海……但我还是放弃了。没有比得意忘形，弄坏了宝贵的AP-1更糟糕的事了。

我无可奈何，停下了AP-1。

"件"不再舔舐血洼，缓缓抬起头。

"呜啊？！"

"咦？！"

我们俩同时发出了悲鸣。

"件"抬头看着我们，鼻子以下沾满了鲜血。它长着我的脸。

6

我和鸟子都举着枪，动弹不得。

牛身上长着我的脸，头发乱糟糟的，双眼浑浊。"我"染血的嘴角流下涎水，用尸体一样的眼神看着我，我感觉意识逐渐变得模糊。

它张开了嘴，开始说话。

"红色的人。"我的声音说道。

"红色的人来了。"

这样啊。

我呆呆地听着自己的声音。

什么来着？

红色的人，是谁来着？

"一定要去吗？不是还早吗？"我说道。

"我也跟那个人说了。这不是很不公平吗？"我抱怨着。

"必须燃起篝火迎接。要又热又痛，才配得上那个人。"

我点点头。枪声响了，"我"的额头上破了一个洞。

我发出叹息似的声音，"我"垂下头，倒在路上。

"……哈。"

我如梦初醒，眨了眨眼睛。

地面上积起了一个浅浅的血洼，就像有人刺破了一个水气球。"件"

和牛女都不见了。

我看向身旁，鸟子还端着 AK，呆呆地望着那个血洼，枪口升起青烟。

"对不起空鱼，我……我开枪了。"她有些口齿不清地说，"我……我忍不下去了。"

我想说些什么，却发不出声音，只是摇了摇头。鸟子缓缓放下枪，呼吸还带着颤抖。

发现四周有些朦胧的光线，我抬起头。不知不觉间，我们已经来到了废墟大楼前。建筑上的霓虹灯把路上薄薄的积雪映成了蓝色和粉色。霓虹灯组成的文字残缺不全，发出飞虫般的嗡鸣声。即使没坏掉也不知道写的是什么吧，因为在"里世界"看不懂"表世界"的文字。

已经听不见河流的声音了。从四周的环境来看，我们所在之处像是没落的郊区街道，积雪的田野和空地十分醒目。在没有一盏街灯的漆黑夜色中，只有这栋大楼的霓虹灯闪着冰冷的光。

大楼正面有围墙和写着价格的招牌，停车场的入口挂着门帘似的绿色塑料帘，看来这处废墟应该是爱情酒店。

然而，这家旅馆让我感到似曾相识。

"和刚才不是一个地方，发生了什么？"

鸟子把 AK 拉到身边，警惕四周。

"不知道……不过你还记得我们遇到'山之件'时进的那栋建筑吗？"

"那个观景台？"

"观景台旋转时，'里世界'的面貌也会随之发生改变，对吧？我觉得现在的情况和当时一样。"

"然后，就出现了这家……酒店？"

"抱歉，这可能是我的错。"

"咦，为什么？"

"我知道这个地方。"我有些尴尬地说。

"为什么？"

"因为我进去过。"

"……怎么回事？！"

鸟子目瞪口呆。

尽管看不懂招牌上的字，我还是一眼就认出来了。因为那天我也像这样，被废墟里的霓虹灯吸引而来。

高中时，我的家成了邪教组织的聚集地，我不愿回家，便前往各处空房和废墟寻找安全的隐蔽处。

在某个冬日，我踏进了郊外发现的一家爱情酒店。整栋建筑都是暗的，很明显已经废弃了，但只有霓虹招牌还亮着。大概是最近倒闭的吧，我一边想着一边溜了进去。

通电的只有招牌，里面没有一点灯光。一楼已经被弄得一团糟，但我强行破坏了挡在楼梯口的胶合板，上了楼，却发现楼上还保持着原样。我拿着手电筒，在满是灰尘、一地狼藉的酒店里逡巡着，并在离疏散楼梯很近的地方找了个比较干净的客房，把那里当成了自己的巢穴。

在酒店里待了一段时间后，我才回了家。

我向鸟子大致说明了事情经过，她深有感触地望着霓虹招牌。

"原来如此，这对空鱼你来说是充满回忆的地方。"

"呃，那个，倒是也可以这么说。"

鸟子的总结比实际情况听起来体面得多，这让我有些不安。

"欸？等一下。难道是因为我开枪打了那个怪物，我们才会出现在这里？"

"你介意这个也没用，我们也不知道为什么会变成这样。"

起风了。我因为恐惧和紧张而大汗淋漓的身体感到一阵寒冷。鸟子也瑟缩起来，望向没有半点星光的夜空。飘落的雪花映着霓虹灯，十分美丽。

"总觉得雪变大了。"

"嗯。"

"怎么办？要在这里……搭帐篷吗？"

听了鸟子的询问，我思索起来。

此前我们迷失在"里世界"的另一个"相"里，遇到"山之件"时，只要在观景台转回原来的位置的那个时间点离开建筑，就能回到一开始所在的地方。这里也一样会随着时间流逝变化，还是必须满足某个条件才能回去呢？

在遇到时空大叔后,我们从"里世界"深处回到现实世界时,是用我的眼睛和鸟子的手直接开路的。我用右眼环顾四周,想看看能否故伎重施,但没找到任何银色的光晕。

就算再要进行什么尝试,现在也太暗、太冷了。虽然这里是"里世界"的另一个"相",但早晨一定会来临。现在我们找不到要去的那座桥,闷头睡觉等待天亮应该是最聪明的做法。只是要在外面扎营这雪未免太大,也不知会下到什么时候,露天过夜会很冷吧。

"我们进去吧。"我看向紧张等待回复的鸟子,说道。

"进去?"

"爱情酒店里面。"

"爱情酒店?!"

鸟子变成了复读机。我突然觉得很好笑,差点笑出声。

好,鸟子我们走!

一起进酒店吧!

但是不好意思!这个酒店,是一片废墟……

我拿着手电筒,鸟子拿着 AK,从绿色塑料门帘底下向内窥视。里面有五个车位,全都是空的。

确认安全之后,我回到驾驶座上,把 AP-1 开进了停车场,这期间鸟子帮忙望风。

熄火后,周围突然安静了下来。小小的停车场里只有手电筒的灯光,以及我们的脚步声。

通往酒店内部的自动门已经没电了,我们拿出长撬棍撬出一道缝隙,两人合力扒开了门。

把沉甸甸的长撬棍放回车上,我们背起各自的双肩包和睡袋做好了探索的准备。我把能当起钉器的迷你平口撬棍和装有螺丝的钉袋一起装进工具包,挂在腰上。鸟子更夸张,把真正的长柄双手斧放在皮套里,固定在大腿外侧。

"这玩意能派上用场吗?"

"劈柴很好用哦,虽然我是小时候用的。"

"不不不,就算你这么说,也用不着拿那么大的吧?"

"按我的身高,用这么大的刚好趁手,你不觉得很合适吗?"

"不是合不合适的问题……虽然很合适啦。"

"太好了,常言道'斧头能使女人更美'哦。"

"从来没听过好吗?!"

总之,准备好之后,我们就走进了酒店。

我们背着步枪,手里拿着马卡洛夫手枪和手电筒,在漆黑的走廊里前进。很快就来到了石砌的大厅。这里空荡荡、凉飕飕,选房的电子屏也是暗的。地上散落着花瓶的碎片和枯萎的花束。我们用撬棍撬开前台的门,来到柜台后面。我用手电筒扫过墙上架子上摆着的客房钥匙,找到了一把钥匙扣形状和其他不一样的钥匙。

"找到了,大概是这个。"

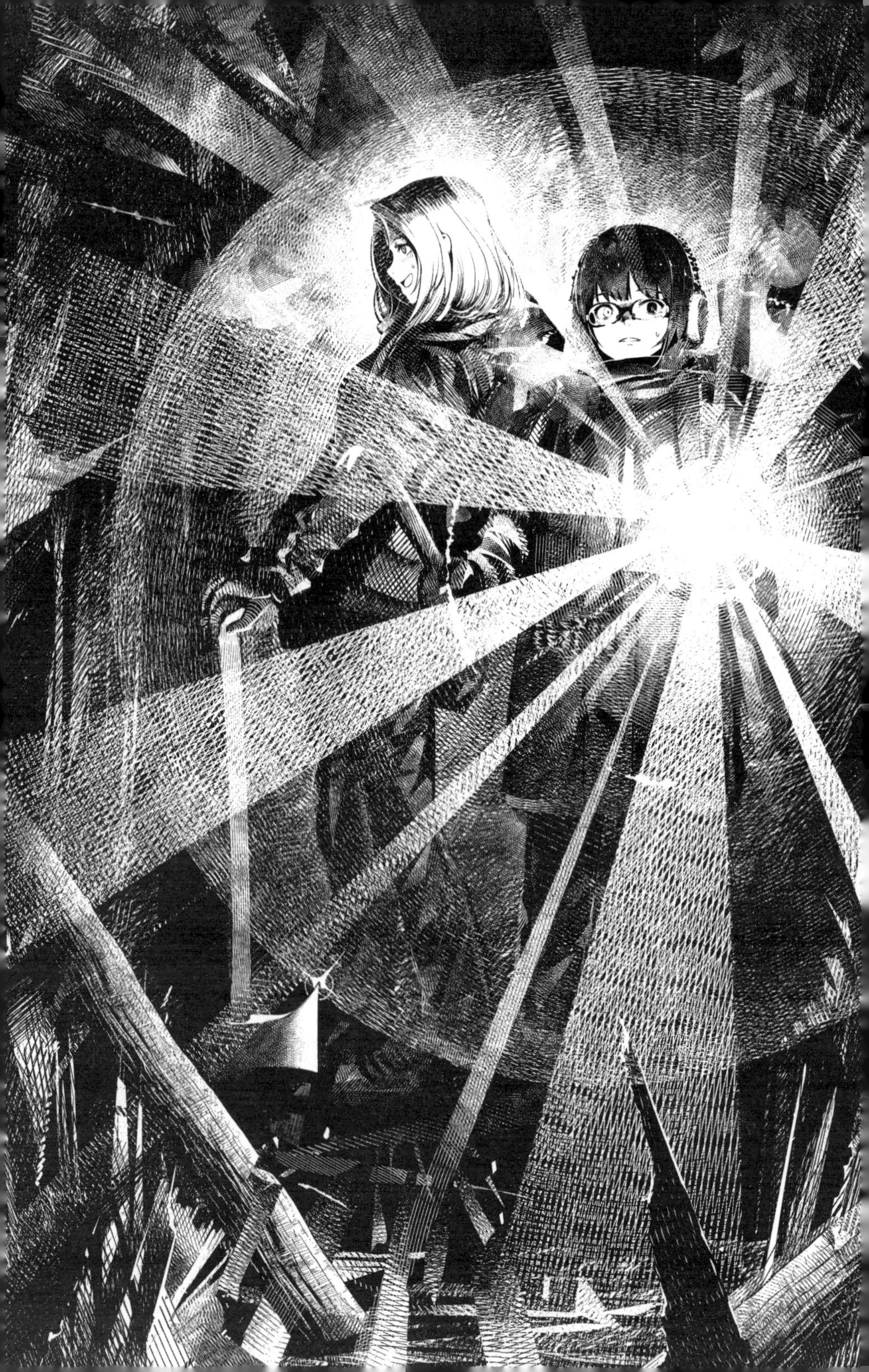

"这是什么？"

"万能钥匙。酒店肯定会备有一把能打开所有客房的钥匙。"

听了我的解释，鸟子双眼闪闪发亮。

"空鱼，你太强了。你做这种事很熟练吧。"

"也没什么好夸的……因为我干过很多次了，虽然是小时候。"

话是这么说，也就是三年前的事，现在也不大。

"怎么了？"

一旦我陷入消沉，鸟子马上就会发现。我就没有她这么敏锐。

"走吧，找个还凑合的房间赶紧睡觉。"我长叹了一口气说道。

"噢，OK。"

因为电梯已经不能用了，我们走员工楼梯上去的。和我之前来时一样，楼梯被胶合板封住了，我正要用起钉器撬开，鸟子拦住了我，气势汹汹地把斧头拔了出来。

"咔嚓咔嚓""叮叮当当"的可怕巨响在酒店里回荡，往楼上的路打通了。

"抱歉，我没想弄出这么大声音的。"

"算了，也没办法。反正路也开了。"

我安慰了尴尬的鸟子，踢开胶合板碎片向楼上走去。

来到二楼走廊，不知是哪扇窗开着，刺骨的寒风让我们放弃了这一层。三楼走廊还是比较干净的，我们便决定在附近找地方睡觉。

"这世上好像有种东西叫女生聚会。"我说道。

鸟子露出惊讶的神情。

"你指什么？"

"在酒店开女生聚会。"

"哦……"

"肯定跟我们现在做的事差不多吧。"

听我这么说，鸟子缓缓摇了摇头。

"绝对不一样。"

我们俩虽然嘴上逞强，但其实精神已经快到极限了。在夜晚的"里世界"被丢到一个陌生的地方，不知道自己身在何处，这种情况下不崩溃才奇怪。虽然我刻意不去思考这个问题，但现在我们甚至不知道正在逛的这栋建筑到底是什么。很明显，这里并不是我那个"充满回忆的地方"。只是一个还原度极高、和那里超像的地方罢了，就像读取了我的脑中回忆后创造出来的一样。

这到底是怎么回事？为什么会有这样的建筑？稍微想一想都感觉要疯了。

我一边藏起写在脸上的疑惑，一边用万能钥匙打开房间进行检查清理。看了几个家具损坏、墙壁地板发霉、天花板漏水的不合格房间后，终于找到了一个合格的。看上去毫发无伤，只要不纠结灰尘问题就完全能住下。考虑到它位于员工楼梯和外部疏散楼梯的中点，逃跑时也很方便。

进了房间，左边是浴室，右边是厕所和洗脸台。水龙头没有水，电视当然也打不开。我们还看了看冰箱，里面空空如也。房间里也没有任何一次性洗漱用品等。虽然就算有，我肯定也不会去碰，但没有的话，总觉得亏了。不过算了，房间里面放着一张大床，有这个就够了。

我们本来以为有睡袋和被单就够用了，然而冬天没有供暖的酒店比想象中还要冷。虽然内部装修没有大的破损，但废墟还是废墟，也不知哪里老透风。我们把大件行李放在床边，之后又出去了一趟。借着手电筒的灯光在电梯旁边的墙面上发现了钥匙孔。用客房的万能钥匙打不开，所以我们把撬棍顶端塞进墙上的壁板间隙，把它撬开了。里面有个架子，堆着些亚麻织物。

我们用带回去的床单和枕套铺了床，又把找到的毯子都堆在上面，这样一来应该就不会冻僵了。

我打开 LED 提灯，把它放在玻璃桌上。用带煤气瓶的野营煤气炉烧了水。屋子这么透风，我们也不会一氧化碳中毒。

把热水倒进海鲜味杯面，等待两分三十秒。在"里世界"吃的杯面肯定比"表世界"的好吃。

吃完后我们又烧了水，泡了速溶咖啡。配着当干粮的盐羊羹啜饮热气腾腾的咖啡，总算感觉活过来了。

"看吧，是不是有酒店女生聚会的味儿了？"我说道。

但鸟子还是固执地摇头。

"绝对不是这样的。"

"可是我们都来酒店了，还吃了饭，聊着天。"

"才不是呢,这才不是女生聚会。"

"鸟子你懂什么是女生聚会吗?"

"我觉得我可比你清楚哦!"

"哦?这样啊,那说来听听吧,什么样的算女生聚会?"

"这个——"

之后我们就世人口中的女生聚会该是怎样进行了一番讨论。我们都没真正参加过,也没有相关的知识,所以也没讨论出个所以然来。

"我知道了。那我们回去之后去开一个吧,不是在这种废墟,去开个真正的酒店女生聚会!"

我顺着话头不小心脱口而出,鸟子点头表示赞成。

"好。"

"这样一来……呃,欸?"

"好呀,去吧。我说真的,我也没去过。"

"你认真的吗?"

"这不是空鱼你提的吗?"

"话虽如此……"

"那我们就去开吧,去酒店开女生聚会,会吃蜜糖吐司之类的吧?虽然我也不太清楚。"

"呃,不过我也只是在网上见过而已。"

"回去之后就定个时间、地点去吧,我好期待。"

"噢,好。"

咦？

我有些不安地闭上了嘴，鸟子没理我，打了个大大的哈欠。

"我困了。"

"睡吧。"

我们脱掉外套和鞋子，钻进被子里。有这么多毛毯，可以不用睡袋了。我们各自拿了三条毛毯，并把备好的被单盖在上面。

我把提灯调暗了点，就让它那么亮着。确认枪放在手边之后，躺倒在枕头上。

"晚安。"

"明早见。"

杯面和咖啡让身子变得暖暖的，加上十分疲劳，我一沾枕头就睡着了。

7

不知过了多久，传来的声音让我瞬间惊醒过来。

房间安静而冰冷。LED 提灯的白光照耀着室内，和我们睡着时没有发生任何变化。

我又听到了微弱的电子声——就像是门铃的声音。

"鸟子。"

我摇晃着身旁那团毛毯。

然后，没有摸到任何东西，毛毯团散开了，摊在床上。

哦——我恍然大悟。

在我睡着时，鸟子有事出去了吧。

我爬起身，穿上鞋。袭来的寒气让我抖抖索索地穿上外套，下床去找鸟子。

浴室漆黑，没有一点水汽，我敲了门之后打开门，鸟子不在里面。

去哪儿了呢？我思考着，这时又传来了微弱的门铃声。

然后我想到了。鸟子那家伙，肯定不小心跑到房间外面去了。因为是自动锁，所以被关在外面，没办法只能按门铃叫醒我。

没办法，真是的……我苦笑着拿下防盗链，打开门。

寒风从敞开的房门吹了进来。

那里站着一个红色的人。

一个比我高得多的、红色的人，正在俯视着我。

心口涌起一股思念。

那时候的事我还记得呢。

你向孤身一人的我提了个问题，对吧？

"不想要那些人了吗？"

之后我回家时，那些人就不在了。

不知道你做了什么，还是这只是个偶然，但在那片废墟的夜晚，是你救了我。

好久不见，我好高兴。怎么了？

我向那人报以微笑，红色的人慢慢倾身，抱住了我。

和那时一样，非常柔软而温暖。

欸？

你问我为什么没有点火？

可是，谁也没有回来呀。

你生气了吗？

我照你说的那样准备了灯油的。

确实，我没有浇在身上。我不想弄湿衣服，而且他们没回来，就算了。

别生气嘛。

欸？

你说："那孩子不想要了吗？"

那孩子是谁啊？

……

要的。

要的。那孩子，我要的。

我想要，所以你不可以带走她。

我都说不行了。

她是特别的。

欸？

代替？

我不要代替。

我想要的只有她一个。

行了，不用给我看。

我都说不用了——

突然……视线变得模糊。

我不是在黑暗的走廊里，而是站在白天的操场上。

我知道这个地方，是小学时候的操场。

我怎么会在这里来着？明明还没放学，不进教室会被骂的。我疑惑地四下张望，发现操场一角的地上有一个生锈的铁门。

铁门直接安在混凝土浇筑的地面上，只要抓住把手，即使是小学生也能勉强打开。

门内是一架通往下面的梯子。我从小学时起就很喜欢去未知的地方探险，因此我兴奋不已地开始向下爬。

爬到最下面，是一条铺着铁丝网的通道。从铁丝网下方传来水流的声音，我赶忙向前走去。

但很快就走到了尽头，也就走了二十米左右吧。铁栅栏挡住了我的去路，墙上装有向上爬的梯子。

那就只能走这边了……我有些失望地爬上梯子，打开头顶的盖子来到外面。不知道为什么，这里和我刚才下去的地方一模一样，而且刚刚还是大中午，现在天空却已经染上了暮色。

我害怕起来，跑向家所在的方向。学校到家里那段熟悉的道路，不知为何却有些诡异。街边的建筑都变得陌生，像是换了一批，道路指示牌的符号和路边的招牌看起来也有些不对劲。

我气喘吁吁跑回家，家里也很奇怪。

院子里本来种着树木的地方却出现了开着鲜红花朵的仙人掌，车库里的车就像是缩小版的跑车，原来装着对讲器的地方现在冒出一个向下的把手。把手的原木握柄上印着一个小小的黑色标志。玄关的门旁放着两个长着人脸的牛状摆件，它们低头看着我。

这里应该是我家没错啊……总觉得不对劲，就像在玩找碴游戏一样。我陷入了混乱，绕到房子后面，从厨房窗户向内看去，只见父亲和祖母正隔着佛堂的矮桌和乐融融地聊着天。

换作是平时，这个时间父亲应该还没回来，我觉得有些奇怪。祖母也穿着我没见过的海蓝色精致和服。

两人相向而坐，桌上躺着一个人偶状的东西，和我玩的丽佳娃娃还有芭比娃娃很像，但比它们漂亮得多。两人似乎正在讨论要拿那个人偶怎么办，明明还不是我的东西，我却已经开始担心人偶会不会被没收了。

这时，传来下楼的脚步声，母亲走进了厨房。从我这个角度看不到她的脸，但她似乎和往常无异。

我松了口气，从窗户喊了一声妈妈。

在那一瞬间，一种极度的诡异感攫住了我。

母亲明明已经死了。

在母亲死后，父亲和祖母就不正常了。

所以我逃走了——和那孩子相遇后，成了现在的我。

那……那个母亲是什么？

如果那个母亲是真的——现在的我又是什么？

时间的流逝变得很缓慢，听到我的声音，母亲慢慢地，向我回过头来。

不能看她的脸。

看了就无法挽回了。

珍贵的东西，就会消失。

直觉这样告诉我，但我动弹不了。我保持着从窗户向内望去的姿势，像僵住了一样，无法把目光从即将转过头来的母亲身上移开。

我不要。

鸟子。

鸟子，救我——

下一个瞬间，传来一声巨响，眼前变得一片漆黑。

"空鱼！"

有人抓住我的后颈，粗暴地把我拽倒在地上。

我茫然地抬起头，发现自己身处昏暗的酒店走廊。LED提灯的光线从敞开的房门里倾泻出来，灯光下，长发凌乱的鸟子正高举着斧头，即将再次砍向红色的人的脑袋。

"鸟子！等等！"

我不由得大叫一声，抱住鸟子的腿。

"什么？！放开我，空鱼！"

"不是这个人！这是红色的人！"我拼了命地喊着。

"有哪里不对？！"

"因为是红色的人！这个人是红色的人，所以不对！"

鸟子带着杀气腾腾的眼神转向我，她伸出左手一把抓住我的发旋附近，硬是把我扭向红色的人那边。

"给我好好看看！这家伙怎么可能是无害的？"

"可……可是，那个人是红色的人。"

我激动地念叨着，鸟子怒不可遏地大吼一声。

"看看我们的样子！你信我，还是这家伙，空鱼！"

这句话猛地撕开了此前一直挡在我眼前的那块疮痂。被斧头砍了一记，摇摇晃晃的"红色的人"对着我大张着嘴，想要说些什么。它的口中一片焦黑，就像在火灾现场染上了焦炭的颜色。

"这……这是什么东西？！"我愕然叫道。

"你清醒过来了？！"

"醒过来了……醒过来了！"

我的声音几乎是悲鸣。

我之前一直眷恋着那个怪物，毫无疑虑地接受了它的拥抱吗？！

此前的想法浮现在我脑中。

它曾唆使我把灯油浇在身上自焚——至此我终于意识到这一点，

自己从始至终竟然完全没想到这个问题,这让我惊愕不已。

"振作点,空鱼!用右眼盯紧了它!"

鸟子的话让我勉强恢复了意识。我把注意力集中到右眼,瞪着"红色的人"。

你想杀了我,那也就算了。

不仅如此,你还想从我这里夺走鸟子。

"好,我盯紧了。"

我悄声说。因为大声说话会让我激动得尖叫出来。

"劈烂它,鸟子。"

"我知道!"

鸟子再次用双手挥动斧头。

沉重的钢刃低啸着破空而来。斧头全力一击砍向"红色的人",深深嵌入它的身体里。

它没有发出惨叫。我用右眼紧盯着敌人,鸟子一次又一次,毫不留情地挥动着斧头。

"红色的人"四分五裂,迸溅出来的不是血,而是滚烫的灰烬。它的四肢散落在走廊的地毯上,就像燃尽的渣滓,切面还留着点红色的火光。鸟子用登山靴踩烂了它,火光眨眼间就熄灭了。

鸟子喘着气放下斧头,转向我。

"没事吧?能站得起来吗?"

我抓住她的手站起身,突然感觉一阵作呕。我说不出话,弯下腰一鼓作气地吐在了它的残骸之上。

我吐了好一会儿，感觉胃里的东西都倒空了，因为吐得太狠，一开始甚至感觉不到鸟子抚着我的后背。

一想到自己被"红色的人"骗了那么久，就感觉要疯了。

自从高中时在废弃酒店遇到那家伙，我的认知就一直被它玩弄于股掌之中。就连它出现在公寓大门前时，我也视若无睹，仿佛那家伙的存在是理所当然的。

我在鸟子的搀扶下摇摇晃晃地回到房间里。她递给我一杯水，我在洗脸台漱了漱口。镜子里的我脸色惨不忍睹。

"对不起，鸟子，对不起，我完全没意识到……"

长时间的呕吐让我的声音变得嘶哑，鸟子把食指按在我的唇上。

"嘘——先休息，有什么话明天早上再说，好吗？"

"嗯。"

或许是因为刚才想起了小学时的回忆，我真的像小孩子一样乖乖点了点头。不，不对，那是假的记忆，实际上并没有发生过那种事。

在鸟子的催促下，我脱掉外套和鞋子，再次钻进了被子里。鸟子坐在我旁边，摸着我的头。跟平时相反呢——我想着，感受着她温柔的抚摸，逐渐平静下来。

但是，睡不着。闭上眼睛，那幅景象就浮现在脑海中。正要转向我的母亲，身影是那么鲜明。

当时的恐怖场景难以言喻，光想想就让我全身发抖。母亲并不恐怖，我非常喜欢她，她去世时我也非常伤心。在她去世后那段辛酸的日子里，被母亲疼爱的记忆成为我的心灵支柱，无数次让我跨越了困境。

然而，当时我真的非常害怕。我明白一旦和母亲对上眼，所有的一切都将崩塌，不复存在，无可挽回。在知道"里世界"的存在后，我经历过各种各样的恐怖，但那一瞬间是最可怕的。每当想到和回过头来的母亲四目相对的场景，我就忍不住想要尖叫。

如果那不是捏造出来的记忆，而是真实发生过的呢？即使那个世界和"里世界"一样存在着某些偏差，但如果那是真正的母亲呢？

如果我当时和她对上了视线，说了话，进了家里呢？

如果那不是"红色的人"制造出的幻觉，如果在"里世界"变幻莫测的"相"当中，真的存在这样一个世界，已逝的母亲还活在那里呢？

母亲没有死的话，父亲和祖母压根就不会迷信邪教，如果有那样的一个世界呢？如果有这样一个可能性，我们一家四口能安稳地生活下去呢？

那时的我，还会是现在这个我吗？

走上了另一条路的另一个纸越家，在那里，没有现在的我的容身之处。

因为那个世界的我一定是幸福的，对血亲的背叛、疯狂、来袭的恶意都一无所知，活到了现在，过着和平而幸福的生活——和现在的我完全不同。

现在的我，基本上是由母亲去世后那些艰难的经历塑造而成的。所以，光是窥见一丝把这些连根拔起的可能性，都会让现在的我发自心底地战栗。

我拼命思考着，希望为自己的恐惧找到一个合理的解释，但恐惧却丝毫不减。脑中反而乱成一团糨糊，精神状态进一步恶化。

"呜呜。"

我呻吟着用双手抱住头。我发现只要用指甲抠住头皮用力扯头发，疼痛就会让自己无法思考。

"空鱼，住手，会秃的。"

鸟子抓住我的手想制止我，我挥开她的手坐了起来。

"空鱼。"

鸟子担心地叫了一声，我对她说："鸟子，打我耳光。"

"欸？为什么？！"

"一思考我就快发疯了，求求你。"

"你……你想要我打你吗？"鸟子的声音有些激动。

我烦躁地甩着头。

"只要能让我恢复理智干什么都行！快点！"我叫道，紧闭双眼等待疼痛降临。

其实什么都可以。别说打耳光了，现在就算用拳头揍我，我都热烈欢迎。脑子里一片混乱，我想要强烈的刺激来盖过它。

我知道的。你这家伙，说你"家暴"虽然会生气，但其实还挺喜欢"揍"我吧。把"山之件"赶出来时也揍得很高兴，一有机会揉我脸时也是情绪莫名高涨。不过没关系，我原谅你，毕竟你是鸟子嘛，所以赶紧——

鸟子动了。我条件反射地缩起身子，她的手碰到了我左边的脸颊。

然后右边的脸颊也被她捧住了，动作轻而温柔。

快住手啦。我要的不是这种，我是要你鼓起劲打我耳光啊。听不懂吗，鸟子？就在你眼前，现在，我快要发疯了。

鸟子的嘴突然凑了过来，我的大脑瞬间变得一片空白。

我不由得推开了她。感觉要被近在咫尺的金色睫毛戳到了，在那一瞬间，我已经清楚地知道了鸟子的意图。

鸟子双手捧着自己的脸，恶作剧一般冲我眨了眨眼。

美人只会散发出香味，真是太不公平了。想起刚才在镜中看到自己憔悴的脸，我愤慨不已。这家伙因为自己长得好看就为所欲为，嘴唇看起来那么湿润柔软，一日三餐是吃唇膏长大的吗？

我向后退去，鸟子没有挽留我。

"哈哈哈。"

鸟子发出一声大笑。她那毫无保留、富有侵略性的笑容美艳得不可方物，我一时间忘了抱怨，呆呆地看着她。

"怎样？这下恢复理智了吗？"

鸟子问道，表情像在夸耀，还有点不安。

"差劲至极！够了！我去沙发上睡，拜拜！"

"抱歉抱歉，别走嘛。我也是一时着急才想到这个办法吓你的。"我打算下床，鸟子从后面拉住了我，"虽……虽然刚才离空鱼那么近，我也被吓了一跳。"

她的后半句话被爆笑盖了过去。鸟子一旦被戳中笑点就会笑很久。她拉着我倒在床上，这次没再放开。我依然板着脸。

"哈……我都道歉了。"

"你都干了啥啊……"

"但你恢复正常了，不是吗？"

说得好像过程一点都不重要一样！

"托你的福。"我不情不愿地回答。

被鸟子恶作剧带来的冲击让此前根深蒂固的恐惧和脑海中翻涌的思绪都抛到了九霄云外，忘得一干二净。

"还好是我。"我下意识地喃喃道。

还好是现在的我。

母亲死后，有段时间我过得水深火热，但仅是遇到鸟子这点，人生就已经圆满了。

真的，我已经无法想象，自己的人生没有鸟子会是什么样。

"咦，什么？"

鸟子反问道，我板着脸重复了一遍。

"我说，还好是我！突然被人做那种恶作剧，别人说不定会讨厌你哦！"

"没关系，我只会对空鱼做。"

她漫不经心的一句话让我无力反击，直接举手投降。

"喂，看这边。"

我不情不愿地转向鸟子，却突然被一把抱住了。鸟子揉着我的头，把我的头发弄得乱七八糟。

"慢……慢着。"

"空鱼，你对我来说很重要，你知道吗？"

她对着我的头皮轻声细语，像要通过夸奖让我的头发变长一样。我纠结了一会儿，长叹一口气。

"我知道，你以为我是谁。"

"我……"

"我们是世界上最好的朋友，不是吗？这是鸟子你自己说的吧。"

鸟子紧紧抱住我，这次她什么也没说。

"好难受。"

"……"

"喂！"

啊，莫非，这种时候我应该抱回去吗？

发现这一点时为时已晚，鸟子放开了手臂。

我们埋在毯子和被单里，在咫尺之遥四目相对。

离这么近看着鸟子亮晶晶的双眸,我很快就宣布投降,闭上了眼睛。

"晚安。"

"明天见。"

在睡着前我才突然发现,不知不觉间我们已经牵起了手。

8

第二天早上,我打开百叶窗,只见窗外一派晴朗,银装素裹。

"好棒!全白了!"

"积雪了啊。"

我们穿上大衣来到屋外。积雪不过十厘米厚,这种厚度AP-1的履带能够开过去。

虽然我们俩都出生在雪乡,但还是第一次看见无人涉足的大片新雪。光是在雪地上留下脚印就让人雀跃不已。我们并排躺在雪坡上,张开双臂在雪地上画出"天使翅膀",互相投掷雪球,还做了小雪人,玩了好一会儿。

玩久了有点冷,我们便在停车场冲了速食玉米汤喝。玩闹间看了看周围,发现桥就在前面不远处,一眼就望见了。

虽然这只是我的猜测,但"里世界"的夜晚恐怕不只是变暗,生物开始活动这么简单。就连空间和时间——或者说人类对空间和时间的认知也会发生扭曲。所以我们昨天晚上不管走多久都到不了桥那里。

吃完了玉米汤、CalorieMate和咖啡等早餐，我们打点行装准备出发，又检查了一遍昨晚睡的房间以防落下东西，之后把行李放上AP-1，发动引擎。

AP-1拨开绿色的塑料门帘，驶出停车场来到马路上。

阳光下，"里世界"一片雪白，闪闪发光。

我们身后拖出两条长长的车辙，走了也就一百米左右，前方出现了桥。是有着朱红色栏杆的日式拱桥，在温泉乡似乎很常见。

我们在桥前下了车。不检查一下桥的承重性就不敢放心前进。我们用铲子和撬棍戳戳探探走了一遍，生怕有埋在雪中的破损之处。桥没有嘎吱作响也没有损伤，看来车子能通过。

我们又折回去，开着AP-1过了桥。来到对岸后右拐，沿着河岸前行。终于，出现了通往河滩的斜坡。担心雪地让履带打滑，我心惊胆战地减速下坡，来到了满是圆石头的河滩。这里的地面坑洼不平，乘坐体验极差，好在夏妃换上的履带有活动轮进行缓冲，比之前好了不少。

低速前进了十分钟左右，前方出现了一块似曾相识的巨石，是我们安放探照灯的地方。

"到了！"

"太棒了！"

我们的欢呼声在"里世界"回荡，又被层层积雪吞没。

巨石旁正好没有积雪，是天然的避难所，我们把AP-1停在了那里。

"耶！"

"太好了。"

两人不由得击掌庆贺。可以说这第一次远征总算成功了吧。

"哈，累死了。回去吧回去吧，我想冲澡。"

"去DS研借下浴室？"

"能借到吗？"

"我觉得可以。"

我从AP-1上下来，从货斗上拿出双肩包和步枪。

"撬棍什么的太重，先放这里就行，盖上防水布。只把不能沾水的东西带回去。"

"OK。"

"'门'是在……啊，找到了找到了。"

标记"门"位置的石堆也被埋在了雪中，还是直接用右眼找比较快。

"走了！"

"啊，等一下，慢着慢着。"

鸟子慌忙叫住了我，在自己的双肩包里摸索着什么。

"怎么了？"

"这个，给你。"

她从包里拿出了一个精美的木盒，盒子是白色的，上面刻着我没见过的商标。

我把自己的包放在雪地上，接过木盒。

"这是什么？"

"给你的礼物，打开看看。"

我依言推开上面的盖子。

箱子里是一层橙色的绒皮，里面并排放着两把小刀。

刀柄是木质的，形状简约利落。似乎是折叠式刀刃。两把刀的尺寸有微妙的差异。

"稍微小一点的那把是给你的。"

"咦，那另一把呢？"

"是我的。"

说是给我的礼物，但鸟子率先伸手拿出了自己那把小刀。她"啪"的一声叠起刀刃，把小刀放在掌心。

"来，看这里。"

刀柄后部和木盒表面一样刻着图案，是极具代表性的飞鸟，反面则是游鱼。

"这是……"

"没错，是我们俩的标志。"

"你这也太用心了吧……"

"啊，这样，你不要的话——"

"不，我要，我要的。"

我伸出手，鸟子突然提高了音量："啊，慢着慢着！还是我亲手交给你吧。"

"好……好的。"

鸟子从盒子里拿出给我的那把小刀，放在摊开的掌心，刀刃对着自己，把刀柄递到我眼前。

"你愿意收下吗？"

躺在鸟子掌心的小刀刀尖直指她的心脏，而她湛蓝的双眸直直注视着我。

鸟子，你这么盯着我看，我右眼很危险的。

虽然这么想，但我却无法把视线移开。

"当然。"

我伸出手，抓住印有飞鸟与游鱼的刀柄。

"怎么样？我挑了野营时常用的道具。"

"嗯。"

手中的原木刀柄不管是大小还是形状都过于趁手，合适得有些恐怖。

"这也太趁手了，莫非你量过我手的大小吗？"

"欸？这点情报不特意去量也知道的啦。"

"这……这样啊。"

我收起刀刃。无需多费力气，刀刃顺滑地嵌进了刀柄上的缺口。这把刀乍一看很朴素，尺寸和图案都是定制的，估计很贵吧。

"谢谢，我很喜欢。感觉很好用的样子。"

"那太好了。"

"不过你为什么突然送我礼物?纪念初次远征成功?"

"这个嘛,刚好是今天。"

"刚好是今天?"我不明所以地反问道。

鸟子耷拉着眉毛说:"圣诞节不是家人团聚的节日吗?我想你可能对今天没什么好印象,就一直没能说出口。"

"哎,啊?"

"看样子也不是,只是完全没意识到而已。"

"圣诞节?"

"果然是这样。"

鸟子对着怔怔的我叹了口气。

"昨天是二十四号,今天是二十五号。"

听完她的话,我终于把日期和节日联系起来了。我低头看着手里的礼物,傻乎乎地重复了一句。

"这样啊,原来今天是圣诞节。"

"就是啊,还好拿给你了。"

"谢……谢谢。"

"不客气。"

圣诞节……

知道了知道了。原来如此。是这样啊。

那也就是说我……偏偏在平安夜,和鸟子两人住进了酒店吗?

虽然是废墟。

还吐了个昏天黑地。

我正胡思乱想着,鸟子突然冒出一句。

"圣诞街。"

"欸,什么?"

"这条路的名字。怎么样?很不错吧?"

我无言以对,沉默了一会儿,最后终于挤出一句低低的呻吟。

"这名字……挺不错的。"

之后每当我走上这条路,都会想起曾经发生的一切吧。

"太好了,那就这么决定了。"

鸟子对我的想法一无所知,害羞地一笑。

"圣诞快乐,空鱼!"

Otherside Picnic

参考文献

本作品以现存众多怪谈和网络传说为原型写就。笔者将书中直接引用之故事特别标注如下。下记内容涉及正文，可能存在剧透，请谨慎阅读。

■ 档案12 那个牧场

关于"山之牧场"的出处请参考前书档案11的解说。

除了该故事之外，还存在其他几个与山野和奇异畜牧设施相关的体验谈。本书虽然未进行直接引用，但作为写作参考进行了一定了解。

其一出自我妻俊树作品《奇奇耳草子 诅咒》[1]收录的"山间小镇"。讲述了主人公在山中误入无人村落，并遇到了"长着可怕面孔的牛群"的故事。据说主人公的妻子当时也在车上，表示那些牛的脸很像公司的上司。

其二出处不是书籍，而是音像作品，出自《怪奇收集者 朱雀门出》[2]收录的"猫牧场"。主人公在北海道的深山老林里开车兜风时闯入一处"鬼城"，在那里的牧场，他遇到了牛棚中比人类更大、四

---

[1] 竹书房文库2015年版。
[2] 乐创舍2014年版。

肢着地爬行的裸男，还看见了从屋顶上俯视自己的"猫"。而在这个故事里，与主人公同乘一辆车的女友说"那不是猫，是鬼……"

以"山之牧场"为首的这类故事中，重要的组成部分本质上是一样的，但细节不尽相同，不可一语带过。

"件"是在西日本知名度较高的一种人面兽身的怪物，而牛脸人身的"牛女"在六甲山地区有不少人曾目击过。关于这两种怪物，最早有记载的书籍恐怕是《新耳袋 现代百物语 第一夜》[1]。本作中有部分内容可能会使读者感觉"件"和"牛女"之间的区别比较模糊，这是因为讲述者空鱼是以二者间存在某种联系为前提进行描述的。

虽然名声不小，但关于"件"和"牛女"的网络传说几乎没有。只有少数几个例外，例如2ch揭示版的灵异超常现象版块中的帖子"和山有关的恐怖故事Part 4"第311—313楼（发布于2003年11月28日）讲述了楼主"雷鸟一号"，在日本的中国地区[2]收集到的三个关于"件"的故事。除了人面牛身的怪物之外，也有其他形态的兽人被称作"件"，这一点十分有趣。

■ 档案13 隔壁的潘多拉魔盒

在知名网络怪谈"潘多拉禁后"发布于"恐怖故事投稿：Horror

---

[1] 木原浩胜、中山市朗著：角川文库2002年版。

[2] 是日本的一个区域概念，位于日本本州岛西部。

Teller"（2009年2月11日）之后过了一个月，有人在同揭示版发布了关于"潘多拉禁后"仪式的详情（2009年3月17日）。本作对"潘多拉禁后"的描写也是基于这两个帖子。

关于打开门时看到对方手腕很奇怪的相关描写引用了前文所述《新耳袋 现代百物语 第一夜》的第四十八话"隔壁的女人"的内容。

■ 档案14 招徕温泉

温泉里出现的人体模特原型出自2ch揭示版灵异超常现象版块"来收集一点都不好笑，恐怖得要死的恐怖故事吧？ 10"帖子的第412—424楼"人体模特"。该故事讲述了主人公在朋友家里遇到的恐怖经历，虽然没有发生任何灵异现象，但十分诡异，令人如坐针毡，是该帖子早期十分令人难忘的一篇故事。

■ 档案15 里世界夜行

"红色的人"的直接原型出自《新耳袋 现代百物语 第六夜》[①]收录的"访问者"一文，文中提到了出现在玄关的"鲜红人形物体"。该故事讲述了主人公目击到一个身高两米以上的鲜红巨人按下玄关门

---

① 木原浩胜、中山市朗著：角川文库2004年版。

铃后，从门上的装饰玻璃朝内窥视的一幕。据说发生在日本村山市东部。

另外，2ch揭示版灵异超常现象版块也有名叫"有人曾遇到过红色的人来访吗？"的帖子（发布于2015年5月7日），除了楼主以外，也有好几个人表示自己曾有过类似经历。

空鱼从小学操场去到了与现实存在微妙不同的世界，这一场景出自2ch揭示版灵异超常现象版块"儿时的奇怪记忆其14"帖子的第804楼、815楼（发布于2006年2月6日），引用了其中的描写。这是我个人十分喜欢的一个故事，在本书第4卷终于能让它出场真是太好了。该故事在灵异故事收集网站上的标题是"里世界"，发布人表示自己想起当时在玩的《勇者斗恶龙3》里出现的里世界，不由得大惊失色，以为自己到了里世界！（游戏中的正确名称应该是"地下世界"，但我能理解发布人把它称为"里世界"，以前孩子们在玩各种游戏时，也流传利用游戏漏洞去往"隐藏世界""隐藏关"的说法。）

虽然是老生常谈了，但还是要感谢给笔者带来直接、间接影响的网络传说、实话怪谈报告者。希望本书能作为一份薄礼，回馈一直以来为笔者带来无数恐怖体验的各位作者。

URASEKAI PIKUNIKKU 4

Copyright © 2019 Iori Miyazawa
Originally published in Japan by Hayakawa Publishing Corporation
Simplified Chinese translation rights arranged with Hayakawa Publishing Corporation
through AMANN CO., LTD.

图书在版编目（CIP）数据

里世界郊游.4,里世界夜行/(日)宫泽伊织著；
游凝译.— 北京：中国广播影视出版社，2022.12（2023.12重印）
ISBN 978-7-5043-8923-7

Ⅰ.①里… Ⅱ.①宫… ②游… Ⅲ.①幻想小说—日本—现代 Ⅳ.①I313.45

中国版本图书馆 CIP 数据核字（2022）第 184870 号

著作权合同登记号：图字 01-2022-2287

里世界郊游4：里世界夜行

[日] 宫泽伊织　著
　　游凝　译

责任编辑	王　萱
封面设计	MF
版式设计	曾六六
责任校对	龚　晨

出版发行	中国广播影视出版社
电　　话	010-86093580　010-86093583
社　　址	北京市西城区真武庙二条9号
邮　　编	100045
网　　址	www.crtp.com.cn
电子信箱	crtp8@sina.com

经　　销	全国各地新华书店
印　　刷	嘉业印刷（天津）有限公司

开　　本	880mm×1230mm　1/32
字　　数	171（千）字
印　　张	8.5
印　　次	2022年12月第1版　2023年12月第2次印刷

书　　号	ISBN 978-7-5043-8923-7
定　　价	42.00元

（版权所有　翻印必究·印装有误　负责调换）